대국
기본에서
최선으로

대국

기본에서
최선으로

신진서 지음

휴먼큐브

바둑을 두며 인생을 살아갑니다

첫 번째 책을 내게 되었습니다. 일생일대의 묘수를 발견했을 때처럼 마음이 설렙니다.

바둑을 아끼고 사랑하는 분들이 많습니다. 올해 초 농심신라면배에서 승리를 거뒀을 때, 정말 많은 분들이 기뻐해주셨던 게 생각납니다. 저 역시 바둑 인생에서 그만큼 가슴 벅찼던 일은 없었습니다.

그럼에도 바둑 인기가 예전 같지 않다는 말이 계속 나오고 있습니다. 특히 이웃 나라 중국에 비하면 한국 바둑은 바둑의 중심으로 나아가기보다 조금씩 밀려나는 중인 것 같기도 합니다.

프로기사로서 성적을 잘 내는 것이 우선이지만, 우리나라 바둑을 위해 그 이상으로 무언가 해야겠다는 책임 또한 적지 않게 느끼는 나날입니다. 책을 내기로 마음먹은 것도 그런 이유에서

였습니다. 제 이야기가 우리나라 바둑 발전에 조금이나마 보탬이 되지 않을까 하는 기대로 서툴지만 글을 적어보았습니다.

누구나 그랬듯이 저도 지금의 제가 되기까지 많은 부침이 있었습니다. 저 스스로의 한계를 넘어서며 느끼고 깨달은 것들이 누군가가 자신의 길을 찾아나갈 때 작은 힌트가 되었으면 하는 바람입니다.

어린 시절의 기억을 더듬으며 새삼 감사해야 할 것들이 많다는 생각을 했습니다. 이제까지 한국 바둑이 쌓아온 역사와 여러 스승님, 동료 기사들, 가족의 역할이 없었다면 저는 결코 세계 1위라는 위치에 도달하지 못했을 것입니다. 이 책을 통해 우리 바둑과 저와 함께한 분들이 조금 더 조명받을 수 있다면 좋겠습니다.

인생을 그리 오래 살지 않은 제가 책을 낸다는 것, 중요한 대국이 이어지는 일정 속에 글을 쓰는 것이 부담으로 다가오지 않았다면 거짓말이겠지요. 그럼에도 다행히 많은 분의 도움을 받아 완성할 수 있었습니다.

이 책을 낼 수 있게 도와주신 모든 분께 깊이 감사드립니다.

2024년 7월

신진서

들어가는 글

차 례

게임과 현실의 다른 점은 게임의 끝판왕은
끝내 주인공에게 왕관을 내주는 것이 운명이지만,
현실의 끝판왕은 왕관의 명예를
차지하는 자라는 것이다.

1

제25회 농심신라면배

기적 같은 순간들

2024년 2월. 상하이의 2월은 겨울이라고 믿기 힘들 정도로 더웠다. 마지막 대국을 앞두고 거닐던 호텔 앞 산책로에서 웃옷을 입을지 벗을지 잠깐 고민했던 일이 떠오른다. 하지만 그런 사소한 고민은 지워버려야 할 때였다. 농심신라면배 3차전이 바로 코앞이었다.

여러 바둑 대회 중 '농심신라면배 세계바둑 최강전'은 그 진행 방식이 다소 특별하다. 한국, 중국, 일본에서 다섯 명씩 기사가 출전하는 국가대항전 형태이다. 한 경기의 승자가 질 때까지 계속해서 다른 나라 기사와 대국을 벌이고, 결국 상대국 선수가 한 명도 남지 않으면 우승하는 방식이다.

상황은 좋지 않았다. 이번 농심신라면배에서는 아쉽게도 설현준 8단과 변상일, 원성진, 박정환 9단까지 네 명의 한국 기사가 모두 탈락했다. 남은 선수는 무려 네 명이나 되는 중국 기사와 한 명의 일본 기사, 그리고 나였다. 이번 **농심신라면배에서 한국이 우승하려면 내가 이 다섯 명을 모두 이겨야 했다.**

상대 선수들의 면면은 화려했다. 일본 바둑을 대표하는 이야마 유타 9단도 만만치 않았지만, 중국의 자오천위 9단, 커제 9단, 딩하오 9단, 구쯔하오 9단은 모두 세계 랭킹 최상위권에 이름을 올린 당대 최고의 바둑기사들이었다.

프로에 입문하고 어느덧 1,000경기를 바라보는 나도 이런 상황은 처음이었다.

느낌은 나쁘지 않다. 농심신라면배 직전에 있었던 LG배에서 우승하면서 어떤 상대도 감당할 수 있겠다는 자신감이 차 있는 상태였다. 준비도 짧고 굵게 내실 있는 방법으로 진행했다. 한국의 정상급 기사 몇 명을 스파링 상대로 삼아 기량을 최고조로 끌어올리고 중국으로 넘어왔다.

그렇다 해도 내가 5연승을 할 수 있을까?

사람들은 질 때까지 상대를 바꿔가며 대국을 벌이는 농심신라면배가 '끝판왕'을 확실히 보여주는 방식이라 재미있다고 하지만, 정작 '끝판왕'의 위치에 선 사람은 이 상황이 즐거울 리만무하다.

어렸을 때 종종 하던 컴퓨터 게임에서 마지막 단계까지 갔을 때 나오는 가장 세고 강력한 왕. 그 끝판왕은 수백 번 죽고도 부활해 자기 부하들을 하나하나 물리치며 다가오는 주인공을 보며 무슨 생각을 했을까?

게임과 현실의 다른 점은 게임의 끝판왕은 끝내 주인공에게 왕

관을 내주는 것이 운명이지만, 현실의 끝판왕은 왕관의 명예를 차지하는 자라는 것이다. '바둑 끝판왕'이라 불리는 이창호 9단이 2005년, 바로 이곳 상하이에서 열린 농심신라면배에서 그랬던 것처럼 말이다.

인터넷에 돌아다니는 바둑 관련 사진 중 가장 유명한 사진은 무엇일까? 솔직히 바둑은 많은 사람에게 알려질 만한 사진이 나올 분야가 아니다. 찍을 만한 장면이라곤 단조로운 의상을 입은 채 심각한 얼굴로 바둑판을 바라보는 기사들과 흑백의 돌이 가득한 바둑판뿐이니까.

그런데 바둑을 잘 모르는 사람들도 이창호 9단이 자신만만한 모습의 중국 기사들을 모두 제압하고 혼자 통로를 걸어 나오는 사진은 안다. 기적의 5연승. 혼자 힘으로 한국을 우승시킨 현실 끝판왕의 카리스마에 모두가 열광했다.

그때 내 나이 다섯 살, 바둑을 막 시작하던 시기였다. 그 당시에는 잘 몰랐지만 시간이 지나고 그 과정과 결과를 알게 됐을 때, 마치 지금 막 벌어진 일을 경험하는 것처럼 큰 감동이 밀려왔다. 당시 이창호 9단은 바둑기사로는 전성기가 조금씩 지나고 있을 시기였다. 그럼에도 중국과 일본의 정상급 기사들을 꺾고 우승을 차지한 것은 정말 대단한 일이었다.

내가 이창호 9단과 같은 일을 해낼 수 있을지, 대국을 앞두고는 확신이 서지 않았다. 그저 하나하나의 대국에 온 힘을 다하는 것 외에 내가 할 수 있는 일은 없었다.

농심신라면배의 분위기는 내내 뜨거웠다. 중국 팬들과 기자단이 가득 들어찬 대국장 주위는 들썩거렸다. 이 대회가 중국 팬들에게 중요하고 그들이 매우 관심 있게, 재미있게 지켜보는 대회라는 것이 실감 났다.

경기 전 받아 본 중국의 대국 순번은 거의 예상대로였다. 유일한 변수는 커제 9단. 중국에서 가장 경험이 많고 나를 상대해본 역사도 긴 그가 언제 나올지는 다소 미지수였다. 첫 번째나 두 번째에 나오지는 않을 것 같았고, 세 번째부터 마지막까지는 어느 순서에 배치해도 다 이유가 납득이 되는 게 커제 9단의 존재감이다.

농심신라면배를 앞두고 내가 넘어야 할 상대를 하나하나 떠올려보니, 역시 중요한 건 수준급 기사들이 즐비한 중국 기사들과의 일전이었다. 그렇다면 상하이에서 만날 중국팀의 첫 주자인 자오천위 9단과의 대국이 이 대회의 향방을 가름할 수 있겠다는 생각이 들었다. **모든 대결이 그렇듯이 바둑 또한 자신의 기량만큼이나 중요한 게 기세다.** 자오천위는 연승을 달리며 최근 기세가 무서운 상태였다. 게다가 후반까지 탄탄한 운영을 하기에 누구를 상대해도 쉽게 흔들리지 않는 기풍을 가지고 있었다.

그러나 이런 생각도 들었다. **승리에 취한다는 말이 있듯이, 연승과 다승은 큰 영광이지만 때로는 역으로 한계가 되기도 한다.** 사람이다 보니 어느 정도 성과를 내면 '이 정도 이겼으면 한 번쯤 져도 괜찮다'는 생각이 들기도 하는 것이다. 최근의 거침없는 연승 행진이 오히려 그의 마음을 느슨하게 만들 수도 있지 않을까?

그렇다면 그 빈틈을 파고들어 보자. 자오천위를 꺾어도 3명이 남는다. 하지만 내 부담은 줄고, 중국 측의 부담은 늘 것이다. 그렇다면 흐름을 제대로 가져와야 했다. 자오천위와의 경기를 이겨야 하는 것은 물론이고 어떻게 이기느냐도 마찬가지로 중요했다.

바쁜 일정이었다. 실은 오로지 농심신라면배만 바라보고 준비할 수 있는 상황은 아니었다. 거의 하루걸러 하나씩 치르는 대국들이 줄줄이 나를 기다리고 있었다. 그 대국들도 농심신라면배 못지않게 각자의 의미와 비중이 큰 경기라 고민스럽기도 했다. 그러나 나를 믿고 하던 대로 해보기로 했다.

농심신라면배는 중국에서 다섯 경기가 5일간 이어지는 일정이어서 매일 동일한 루틴으로 컨디션을 관리하며 대국을 준비했다. 중국에 들어가서는 홍민표 바둑 국가대표 감독님과 동고동락했다. 매일 오전 10시 40분에 감독님을 만나 함께 식사하고 경기 준비를 하며 마음을 가라앉힌 후 대국장에 들어섰다. 경기를 마친 6시에 저녁식사를 하고 1시간 정도 숙소와 대회장 주변을 산책했다. 밤 8시에 감독님과 복기*나 AI 연구를 하며 다음 날 경기를 준비했다.

중요한 승부였기에 마음을 비우려고 했다. 특별한 일정을 없앤 것이 도움이 되었다. 바둑 외에 불필요한 것은 모두 떠나보냈다. 식사 메뉴를 고르는 에너지조차 소모하지 않으려고 카레와 한식으로 통일했다. 그렇게 비워낸 공간을 오로지 바둑에 대한 생각으로만 채웠다.

산책과 식사를 할 때 홍민표 감독님은 언제나 곁에서 나를 든든하게 지켜주셨다. 내가 귀찮을 정도로 대회 내내 따라다녔음에도 항상 나를 편하게 대해주셨고 친구처럼 대화를 이끌어주셨기에, 한 경기라도 지면 탈락이라는 벼랑 끝 긴장감을 푸는데에 많은 도움을 받았다.

대회 기간에는 경기 준비를 위해 매일 감독님 방을 드나들었다. 하루는 노트북을 들고 호텔 엘리베이터에 올라 홍민표 감독님 방으로 가고 있었는데, 마지막 대결 상대인 구쯔하오 선수와 마주쳐 살짝 민망하기도 했다. 어떻게든 이겨보려고 나머지 공부를 하는 모습을 들켜버린 것 같아서였다. 그러나 세계

---

* 復棋, 두고 난 바둑의 판국을 비평하기 위해 두었던 그대로 처음부터 놓아보는 일.

최정상급 기사들과의 승부를 앞두고 어떻게 편안히 저녁 시간을 보낼 수 있겠는가.

상하이에서의 첫 번째 상대는 일본의 간판스타인 이야마 유타 9단이었다. 나는 이제까지 일본 기사들과의 대국에서는 진적이 없었다. 덕분에 일본 기사와 대결할 때면 더 자신감을 가지게 된다. 오후 3시부터 진행된 대국에서 나는 초반부터 흐름을 가져와 110수 정도에 승리를 거의 확정 지었고 165수 만에 항복을 받아냈다. 이것으로 최소한 한국이 최하위는 면하게 되었다는 생각에 다소 홀가분해졌다.

그 뒤로 중국 선수들과의 경기가 이어졌다. 자오천위 9단, 커제 9단, 딩하오 9단과의 대국은 대체로 무난하게 승리했다. 특히 자오천위와의 대국에서 좋은 내용으로 승리하며 길이 보이기 시작했다. 만약 그 승리의 과정이 지지부진했거나 상대의 실수에 편승해 엉겁결에 받아든 승리였다면 그런 확신을 갖지는 못했을 터이다.

'할 수 있겠다.'

끝이 보이는 여행과 끝이 보이지 않는 여행은 그 고됨이 다를 수밖에 없다. 시작할 때만 해도 안갯속이던 농심신라면배의 여로旅路가 조금씩 그 모습을 드러냈다. 중국 최고의 기사들이 내 앞을 가로막고 있지만, 그저 한 발 한 발 나아가면 되겠다는 생각이었다.

세 번째 대국에서 커제 9단을 꺾으며 흐름이 내 쪽으로 넘어온다는 느낌을 받았다. 설마, 하던 중국팀이 초조해하는 게 느껴졌다. 한때는 커제 9단을 내가 넘을 수 없는 벽처럼 느끼기도 했었다. 하지만 이번에는 자신 있었다. 2021년부터 나는 그에게 6연승을 거두고 있으니 흐름은 내 편이었다. 그 마음이 결과로 이어졌다.

네 번째 상대 딩하오 9단과의 대결에서 초반부터 대마를 공격하며 이기자 연일 계속된 대국으로 쌓인 피로조차 연승의 기쁨에 쓸려 내려가는 기분이었다.

마지막 대국을 앞두고 상하이의 날씨가 급변했다. 처음 도착했을 때만 해도 최고기온이 20도에 육박했는데 갑작스레 비바람이 몰아쳤다. 점심을 먹고 패딩 점퍼를 챙겨입고 홍 감독님과 산책하며 마음을 다잡고 다잡았다.

마지막 상대 구쯔하오 9단은 쉽지 않았다. 그는 중국 랭킹 1위로, 내가 없었다면 세계에서 가장 바둑을 잘 두는 사람의 자리를 차지했을 기사였다. 구쯔하오 9단은 어지러운 바둑으로 나를 현혹하려고 애썼다. 이 대국으로 농심신라면배의 향방이 결정된다는 부담과 매일 이어진 대국의 피로감이 나를 괴롭혔다. 그것이 치명적인 실수를 낳았다. 나의 실수와 빈틈을 구쯔하오는 놓치지 않았고 대국이 중반에 접어들며 점차 내가 불리한 판세로 흘러갔다.

이렇게 끝낼 수는 없었다. 나는 온 힘을 끌어모아 길을 찾았다. 한 수 한 수 나아갈수록 조금씩 빛이 보이기 시작했다. 구쯔하오 역시 결승전이라는, 중국의 자존심을 본인이 짊어지고 있다는 부담감에 초반의 대범함을 잃고 급히 승부를 마무리하려는 조바심을 드러냈다. 절명의 순간에 마주한 빈틈이었다. 나는 호흡을 가다듬고 그를 몰아붙였고, 마침내 대국은 나의 승리로 끝이 났다.

어떤 일이 벌어진 건지 바로 실감이 나지 않았다. 기뻐하는 감독님의 얼굴을 마주하고 수많은 축하 연락을 받고 귀국 후 쏟아지는 인터뷰 요청을 접하며, 내가 사람들에게 큰 기쁨을 주었다는 뿌듯함이 비로소 찾아왔다. 길고 길었던 농심신라면배는 그렇게 막을 내렸다.

그리고 사랑하는 할머니.

대국을 마치고 호텔로 돌아오는 순간순간 나는 잠시 할머니 얼굴을 떠올렸다. 부모님과 더불어 세상에서 나를 가장 아끼고 사랑해주시는 할머니를 마지막으로 뵌 건 고향인 부산의 병원에서였다. 병환으로 기억이 흐려졌음에도 할머니는 내 얼굴을 보시자마자 환한 웃음으로 나를 맞아주셨다. 막막하고 까마득한 승패의 갈림길에서 떠올린 할머니의 얼굴은 늘 나에게 힘이 되어주었다.

한국으로 돌아가 할머니께 중국에서 겪은 일을 알려드리고 싶었지만, 내 바람은 이루어지지 않았다. 할머니는 내가 중국으로 출국했을 때 세상을 떠나셨다. 가족과 감독님이 중요한 경기를 앞둔 나를 배려해 비보를 늦게 전해주었던 것이다. 할머니 상태가 좋지 않아 어느 정도 마음의 준비는 하고 있었지만, 할머니와의 영원한 이별은 어떤 준비로도 온전히 감당할 수 없었다.

생전에 할머니는 말 없고 사근사근하지도 않은 손주를 한없이 아끼며 나를 '황태자'라고 부르셨다. 왜 황태자였을까? 멀리 떠나시기 전에 여쭤봤어야 하는데 이제는 그럴 수가 없다.

삶은 커다란 기쁨과 슬픔을 함께 주며 나를 조금 더 어른으로 만들어주었다.

나는 할머니가 나와 함께 농심신라면배에서 싸워주셨다고 믿는다. 할머니는 먼 여행의 시작을 늦춰가며 중국으로 힘든 싸움을 떠나는 손주를 기다려주신 게 아니었을까. 기운 있고 밝은 모습이 할머니에 대한 마지막 기억이라는 것, 어쩌면 내 인생에 가장 빛나는 성취일지도 모를 그 순간에 할머니가 함께 해주셨다는 것에 무한히 감사를 드린다.

제25회
농심신라면배
결정적 장면

제25회 농심신라면배 본선 9국

흑 신진서 9단   **백** 셰얼하오 9단

□ 2023년 12월 4일, 부산 농심호텔
□ 제한 시간: 각 1시간, 1분 초읽기 1회, 덤 6집반
□ 대국 결과: 133수 흑 불계승

농심신라면배 2차전은 부산에서 열렸다. 본선 9국은 2차전의 마지막 대국이었다. 앞서 한국 기사들이 모두 패하고 마지막으로 내가 남아 있었기에 부담감이 상당했다. 만약 내가 패하면 한국은 3차전에 가보지도 못하고 탈락하는 상황이었기 때문이다. 더욱이 셰얼하오 9단은 혼자서 무려 7명의 한일 선수들을 물리치며 7연승을 달리고 있어서 기세가 무서웠다.

나는 최대한 부담감을 떨쳐내고 내 바둑을 두려고 노력했다. **상대를 의식하지 않고 나의 힘을 다 쏟아내려면 마음을 비워야 한다. 부득탐승***. 그 말을 떠올리며 대국에 임했다.

---

* 不得貪勝, '승리를 탐하면 이기지 못한다'는 뜻. 위기십결의 하나로, 이기려는 목적에만 지나치게 집착하면 오히려 바둑을 그르치기 쉽다는 것을 일깨우는 말이다.

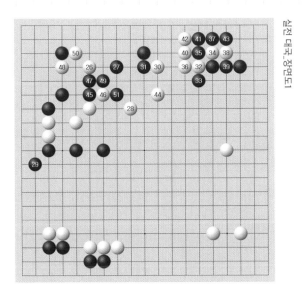

  셰얼하오 9단은 속기에 능하며 상대를 몰아붙이는 능력이 탁
월한 기사다. 초반에도 백26, 백28의 두 칸 행마나 백30, 백32
등의 화려한 행마들을 두면서도 시간을 별로 쓰지 않고 아주
빠르게 두어갔다.

　　　　　　　　　　　　　　1. 제25회 농심신라면배 – 기적 같은 순간들

그러나 실전의 흑45로 붙였을 때 백46으로 받아준 수는 경솔했다. 그 수로는 백 48의 자리에 먼저 붙여가야 했다. 그러면 AI는 참고도1과 같이 바꿔치기*가 진행되어 어려운 바둑이라고 판단했다. 난 만약 백이 먼저 붙여오면 참고도2의 흑2로 젖혀갈 생각이었다. 이 진행 역시 바꿔치기가 예상된다.

실전에서는 먼저 젖히고 백48로 붙여왔기 때문에 흑49로 반발했다. 백50으로 호구칠 때 흑51로 단수를 몰아 백돌이 많이 엷어진 모습이다.

---

* 한쪽에서 손해를 보았지만 다른 쪽에서 대가를 얻는 일 또는 그 수법.

参考図 1

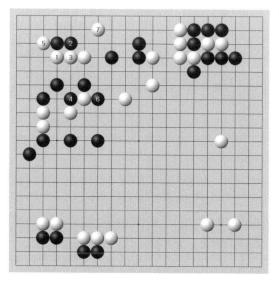

참고도 2

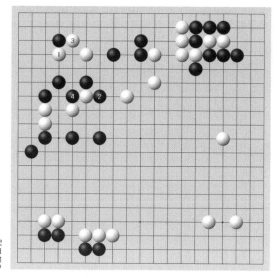

25

1. 제25회 농심신라면배 - 기적 같은 순간들

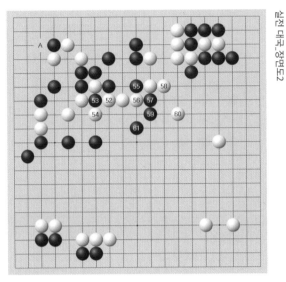

　세얼하오 9단은 장면도2의 백52를 두기까지 10분 넘게 생각
했다. 속기파인 세얼하오 9단으로서는 꽤 장고*를 한 셈이다.
하지만 이 진행은 흑이 A로 움직여가는 통렬한 수가 남아 있어
백으로서는 큰 실수였다. AI는 참고도3 혹은 참고도4와 같이
좌변 백돌을 버리고 좌상귀를 차지하는 진행을 추천했다.

---

*　長考, 대국 중 수의 변화나 수단을 만들기 위하여 오래 생각하는 것.

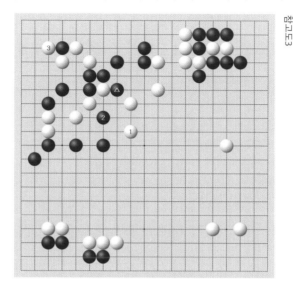

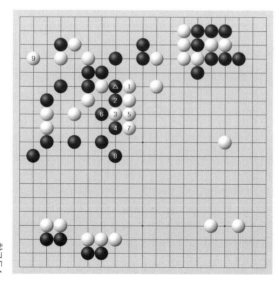

1. 제25회 농심신라면배 - 기적 같은 순간들

세얼하오 9단도 이런 진행들을 머릿속에 떠올려봤을까? 인간의 관점에서는 스스로 내 돌을 버린다는 발상이 쉽게 떠오르지는 않는다. 인공지능의 유연한 사고는 참 부러운 점이다.

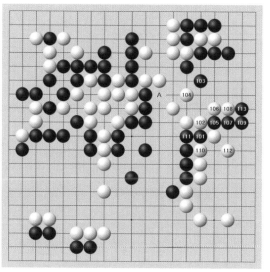

실전 대국, 정면도 3

형세는 흑이 많이 우세했다. 하지만 **바둑은 끝낼 수 있을 때 끝
내는 게 중요하다. 여지를 남겨두면 상대는 반드시 반격해온다. 기
회가 왔을 때 지체 없이 두어야 한다.**

나는 결정타를 날리기 위해 흑101로 두고 백이 102로 받을
때 103으로 호구쳤다. 실전의 흑105로 끊는 자리와 A로 끊는
자리 양쪽을 노리는 수이다. 당시 이 수법을 AI도 발견하지 못
했었는데, 반상에 놓이자 승률 그래프가 확연히 흑 쪽으로 기
울었다.

가끔은 인간도 인공지능을 뛰어넘는 수읽기를 할 때가 있다. 신이 아니기에 AI도 완벽하지는 않다. 끊임없이 노력한다면 언젠가는 AI를 넘어설 수도 있지 않을까? 늘 그런 꿈을 꾸며 끝없는 한계에 도전하는 마음으로 공부에 임한다. 나는 아직도 성장하는 중이므로.

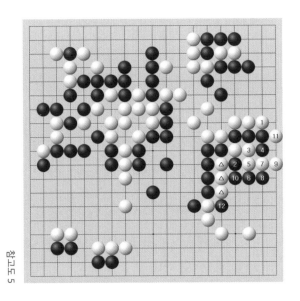

참고도 5

실전에서 백은 A의 약점을 지키기 위해 104로 받았는데, 흑 105로 끊겨서는 백이 곤란한 장면이다. 실전 진행 중, 백이 만약 112로 흑 석 점을 잡으려고 참고도5의 백1로 막는다면 흑 2~12까지의 수순으로 △ 석 점이 잡혀버린다. 어쩔 수 없이 백은 112로 지켰지만 흑113으로 흑 석 점이 살아가고 백대마가 끊겨서는 흑이 확실히 승기를 잡았다.

이 대국을 승리하며 일단 한국팀의 2차전 탈락이라는 위기에서 벗어났다. 2023 삼성화재배에서 셰얼하오 9단에게 진 빚도 갚았다.

무엇보다 3차전을 치르기 위해 상하이로 향할 수 있어서 다행이었다.

제25회 농심신라면배 본선 10국

 흑 신진서 9단   **백** 이야마 유타 9단

☐ 2024년 2월 19일, 중국 상하이
☐ 제한 시간: 각 1시간, 1분 초읽기 1회, 덤 6집반
☐ 대국 결과: 165수 흑 불계승

하이라이트 1

중국 상하이에서 3차전이 시작되었다. 아직 갈 길이 멀었지만 한 판 한 판 최선을 다해 두어나가자는 마음가짐으로 대국에 임했다.

첫 상대는 일본의 마지막 주자 이야마 유타 9단. 자국 내 '왕좌', '기성', '용성' 타이틀 보유자이고, 국제무대의 경험이 많은 기사라 결코 방심할 수 없는 상대였다. 이야마 유타 9단 역시 마지막 주자로 벼랑 끝에 몰려 있었기에 나와 마찬가지로 부담감이 컸을 것이다.

초반은 팽팽한 흐름이었다. 백이 52로 역습해왔을 때 나는 흑53으로 백돌을 가르고 나갔다. 만약 참고도1의 백1로 백도 가르고 나온다면 흑2~백9까지 우변 흑돌을 버리고 우상 쪽을 차지할 생각이었다.

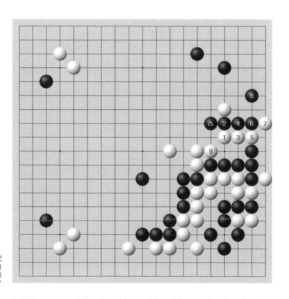

1. 제25회 농심신라면배 - 기적 같은 순간들

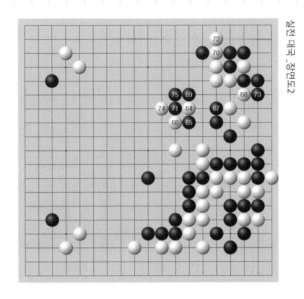

백이 64로 씌워오면서 흑돌 전체를 봉쇄했다. 전투적인 기풍의 이야마 유타 9단다운 수였다. 이 장면에서 때 이른 승부처를 맞이했다.

그런데 실전에서 흑65로 붙여갔을 때, 백으로서는 백70의 자리에 먼저 찔러가는 것이 좋았다. 그랬다면 참고도2와 같이 진행되었을 테고 백의 입장에서는 실전보다 이쪽이 더 낫다. 심지어 AI는 실전 백64로 씌워가기 전에 참고도3의 백1로 먼저 찔러두는 것을 추천했다.

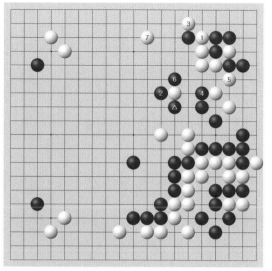

참고도 2

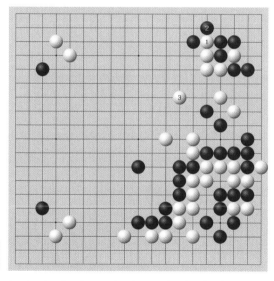

참고도 3

1. 제25회 농심신라면배 - 기적 같은 순간들

흑이 2로 받아준다면 그때 백3으로 씌워간다. 우리도 대국을 마치고 복기할 때 가장 먼저 그곳을 찌르는 타이밍에 관해 의견을 나눴다. 사실 백이 찔러가는 타이밍이 어려웠다. 언제든지 백의 선수*라고 생각되는 자리기 때문에 미리 교환해야 한다는 발상을 하기가 오히려 쉽지 않았을 것이다. **하지만 바둑에서 절대적인 것이란 없다.**

실전에서는 흑75까지, 백 한 점을 잡고 중앙을 제압해서 흑의 두터운 형세가 되었다.

---

* 받지 않으면 손해가 크기 때문에 응수가 필연적으로 뒤따르는 수.

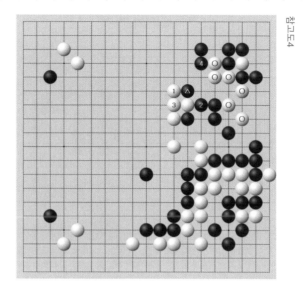

실전 진행 중, 흑69로 붙였을 때 만약 백이 참고도4의 백1로
받는다면 흑4까지 두어 ◎가 모두 잡힌다.

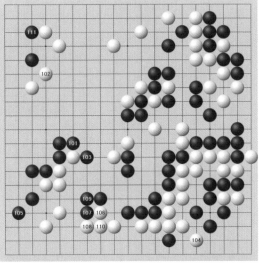

실전 대국, 장면도 3

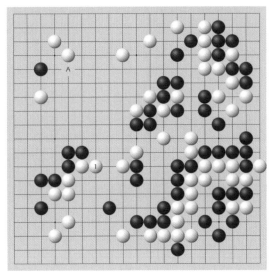

참고도 5

실전 대국 장면도3에서 흑이 101로 꼬부렸을 때 백이 102로 좌상귀를 두어간 것은 패착. 흑103으로 단수치며 중앙이 전부 흑집이 돼버려서는 차이가 크게 벌어졌다. 백102로는 참고도5의 백1로 중앙을 뻗어서 버텨가야 했다. 그래도 흑A로 붙여나와 흑이 많이 우세하긴 하지만, 실전 진행은 중앙 단수를 당해 백이 더 이상 노려볼 데가 없어졌기 때문이다. 더욱이 실전에서는 흑111로 붙이면서 좌상귀에서 수가 나서는 흑의 필승지세. 나는 이후로 상대에게 더 이상 기회를 주지 않았다. **바둑은 어느 순간이 지나가면 돌이킬 수 없다. 바둑은 냉정한 게임이다.**

이야마 유타 9단이 패하면서 일본팀은 전원 탈락했다. 이제 중국 선수 4명과의 싸움이 기다리고 있었다.

제25회 농심신라면배 본선 11국

흑 자오천위 9단　　　**백** 신진서 9단

☐ 2024년 2월 20일
☐ 제한 시간: 각 1시간, 1분 초읽기 1회, 덤 6집반
☐ 대국 결과: 224수 백 불계승

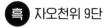

상하이에서의 두 번째 대국을 맞이했다. 상대는 중국의 자오천위 9단. 자오천위 9단은 침착하고 중후한 기풍으로, 특히 후반 운영을 잘하는 기사이다. 상대 전적은 6승 1패로 내가 유리했지만, 워낙 공부량이 많은 기사여서 포석*을 전략적으로 두어가야겠다고 생각했다.

---

* 중반전의 싸움이나 집 차지에 유리하도록 초반에 돌을 벌여놓는 일.

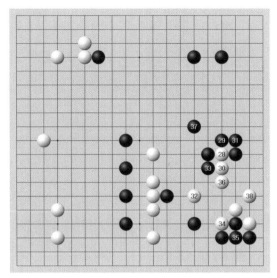

실전 대국 장면도1의 백28로 끼워간 수도 서두르지 않는 자 오천위 9단으로 하여금 공격을 유도하기 위해 좀 더 치열하게 두어간 수. 백38도 최대한 집을 벌면서 안정을 취하는 적극적 인 수법이다.

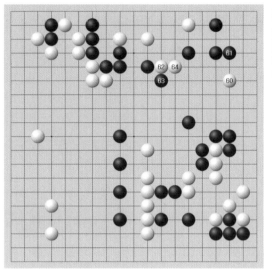

　　실전 대국 장면도2. 상변 백돌들도 아직 엷은 상황에서 백60
으로 깊이 침투해 들어간 수는 평소 즐겨 쓰는 수법은 아니지
만, 자오천위 9단에 대한 연구를 통해 전투를 좋아하지 않는다
는 걸 알고 있었기에 최대한 강수로 두어갔다. 너무 무리가 되
지 않는 한에서 상대를 좀 흔들어보고 싶기도 했다. 사람들이
나의 바둑 스타일을 가리켜 이창호 9단과 이세돌 9단의 장점을
합쳐놓은 것 같다는 이야기를 하곤 하는데, 아마 저런 수는 이
세돌 9단의 기풍을 닮은 것도 같다.

　바둑에서 강약 조절은 어려운 부분이다. 너무 강하게 두다가 상

대에게 반격을 당하기도 하고, 반대로 무난하게 두다가 그대로 밀리기도 한다. 그 힘을 조절할 수 있는 능력이 고수의 감각이자 실력 차이가 아닐까?

자오천위 9단은 예상대로 강하게 공격하는 쪽보다는 계속 수비적인 수로 대응해왔다.

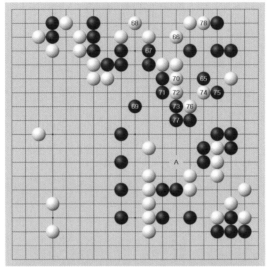

실전 대국_장면도 3

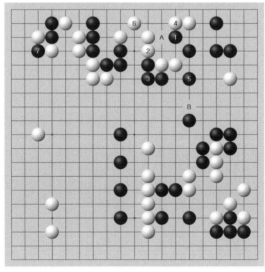

참고도 1

그러나 실전에서 흑이 65로 후퇴한 수는 대완착. 이 수로는 참고도1과 같이 흑1의 급소 자리를 두어 백돌을 공격해가야 했다. 그러면 선수로 중앙을 막고 흑7로 좌상귀를 침투할 수 있어 만만치 않았다. 흑1로 두었을 때 AI는 백이 B로 붙여가는 수도 이야기했다. 나 역시 흑이 1로 찔러 들어온다면 A로 받아두고 B로 붙여가는 자리를 노릴 생각이었다. 그랬다면 매우 혼란스러운 형세가 됐을 것이다.

자오천위 9단도 첫 농심신라면배 출전에 부담감이 컸는지 중요한 승부처에서 지나치게 움츠러들었다. 나는 그 틈을 타서 계속 강하게 찔러 들어갔다. 실전은 백78까지, 백이 우변 흑집도 깨고 쉽게 타개하면서 대성공을 거둔 모습. 공격 대상이던 상변의 백돌들이 단단하게 자리를 잡았고, 강력하던 흑 진영은 계속 오그라들었다.

대국 후, 복기를 하면서 자오천위 9단은 실전 흑69로 둔 수를 가장 후회했다. 그 수로 인해 백70으로 밀고 나와 흑집이 많이 깨졌기 때문이다. 아마도 중앙이 두터워지면 실전 진행처럼 장면도3의 A로 가르고 나와 양쪽 백돌의 공격을 노려보려 했겠지만, 양쪽 백돌 모두 탄력적인 형태여서 잘 잡힐 말이 아니다.

이 대국에서 승리를 거두며 일단 3연승에 성공했다. 목적지의 절반에 다다른 셈이었다.

흑 커제 9단　　**백** 신진서 9단

□ 2024년 2월 21일
□ 제한 시간: 각 1시간, 1분 초읽기 1회, 덤 6집반
□ 대국 결과: 257수 백 2집반승

하이라이트 1

농심신라면배 12국 상대는 당시 중국 랭킹 2위의 커제 9단(현재 1위로 복귀했다). 커제 9단은 세계 무대의 경력이 화려하고, 중국 갑조리그에서의 활약도 두드러져 명실공히 중국을 대표하는 기사다. 그리고 나의 승부욕을 불러일으키는 기사이기도 하다. 세계대회 결승에서 두 번 패한 적이 있지만, 대국 당시에는 내가 커제를 상대로 6연승 중이어서 자신감은 있었다. 내가 2021년 2월에 열린 제22회 농심신라면배에서 첫 5연승을 거두었을 때도 커제 9단에게 이기며 우승을 거머쥐었다. 하지만 커제 9단은 마지막 주자로 나와도 손색이 없는 강자인 만큼, 결코 방심할 수 없는 상대임은 분명했다.

　흑돌과 백돌을 정하는 돌가리기 결과 내가 백을 잡았다. 커제 9단은 백번에 더 능해서 기분 좋은 출발이었다.

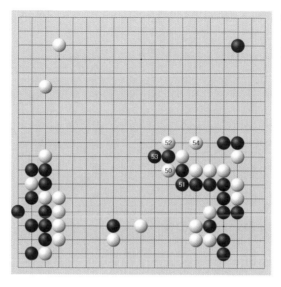

실전 대국 장면도1에서 백50으로 끊어간 수는 참고도1(뒷장)
의 백1과 같이 늘어갈 수도 있다. 그랬다면 흑4까지 무난한 진
행이 예상된다. 사실 백50으로 끊고 백52로 단수쳤을 때, 흑이
참고도2(뒷장)의 흑1과 같이 반대편을 끊고 우변 ◎들을 강하게
잡으러 갈 수도 있었다.

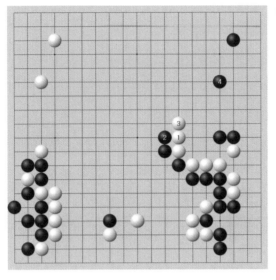

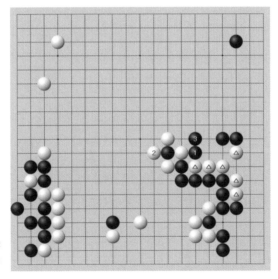

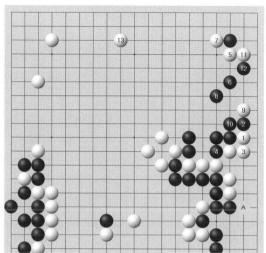

나는 흑이 만약 이렇게 반격해온다면 참고도3과 같이 우변 백돌을 버리는 작전으로 갈 생각이었다. 그러면 A 등의 뒷맛을 노리면서 여러 가지 활용수단이 남아 있어 백이 나쁘지 않다고 느꼈다.

하지만 실전에서 커제 9단은 흑53으로 그냥 흑 한 점을 살렸다. 첫 번째 기세 싸움에서는 백이 기선을 제압했다. **승부에서는 기세가 중요하다. 보이는 힘도 중요하지만, 보이지 않는 기운이 더 중요하다.**

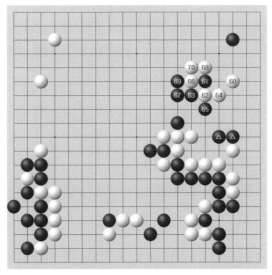

실전 대국, 장면도 2

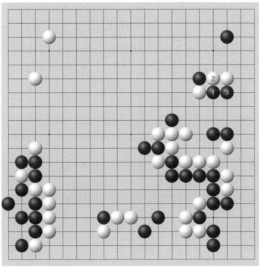

참고도 4

백이 60으로 흑돌을 가르며 침입해 들어갔을 때 흑이 61로 씌워간 수는 여차하면 ▲ 두 점을 버리려는 발상으로 AI도 추천한 수이다. **커제 9단의 유연한 감각이 돋보이는 수.**

그러나 백이 62로 붙여갔을 때 흑63으로 젖혀간 수는 완착. 참고도4처럼 흑1의 방향으로 젖히고 백이 2로 끊을 때 흑3으로 막아 싸울 자리였다. 실전은 백 70까지 흑 한 점을 잡아 백이 굉장히 편해졌다.

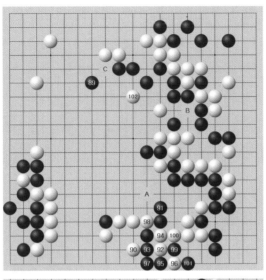

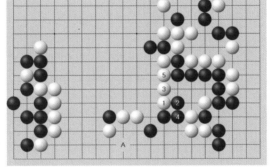

　　백이 우세한 상황에서 실전 백90으로 두어간 수가 쉽게 찾기
힘든 좋은 자리였다. AI는 초반부터 줄곧, 흑이 참고도5의 A로
날일자를 두는 곳이 중요한 자리라고 추천했다. 그 이유는 참

고도5의 백1~5까지의 수순이 백의 기분 좋은 권리여서 백의 중앙이 두터워지기 때문이다.

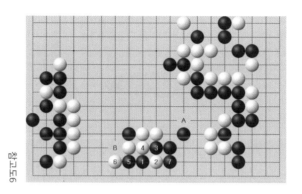

참고도6

흑이 참고도6과 같이 흑1의 날일자를 먼저 두면 수순처럼 진행될 경우 집으로도 크고, 백이 A로 붙여오는 자리도 방비할 뿐 아니라 B의 약점도 노릴 수 있어 값어치가 큰 곳이었다.

실전은 백90 이후, 백이 하변을 선수로 정리한 후에 백102로 중앙 흑돌을 공격하게 되어 확실히 주도권을 잡았다. 장면도3의 A도 언제든지 백의 권리며, B와 C의 약점도 노릴 수 있다.

이후에는 비교적 안전하게 마무리하면서 백이 완승국을 이끌었다. 이 바둑은 이번 농심신라면배에서 가장 내 스타일대로 잘 두어간, 만족할 만한 대국이었다.

제25회 농심신라면배 본선 13국

 흑 신진서 9단   백 딩하오 9단

□ 2024년 2월 22일
□ 제한 시간: 각 1시간, 1분 초읽기 1회, 덤 6집반
□ 대국 결과: 189수 흑 불계승

하이라이트 1

제25회 농심신라면배 5연승에 도전하는 13국이 시작되었다. 상대는 나와 동갑내기인 딩하오 9단. 중국 랭킹 3위로, 2023년에 LG배와 삼성화재배 타이틀을 획득하며 세계대회 2관왕에 오른 강자다. 연이은 대국에 체력적으로는 좀 힘들었지만, 승부 감각은 그 어느 때보다 살아 있다고 느꼈다. 열심히 준비한 만큼, 결과와 상관 없이 내 바둑을 두어가야겠다고 다짐했다.

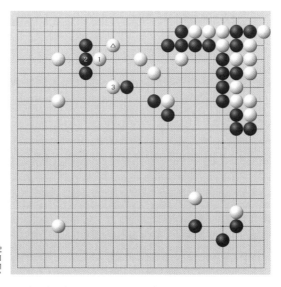

1. 제25회 농심신라면배 - 기적 같은 순간들

초반은 내가 가장 공들여 연구했던 포석이 등장하여 괜찮은 흐름이었다.

백이 48로 붙이고 50으로 늘어간 수는 얼핏 맥*처럼 보이나 책략이 부족했다. 백48로는 참고도1처럼 백1로 먼저 들여다보고 흑이 2로 받아주면 백3으로 붙여 나오는 수가 까다로웠다. 백1로 들여다보는 순간 △의 돌이 비효율적인 형태가 되기 때문에 악수**처럼 느껴지기도 하지만, 지금은 중앙 진출을 위해서 먼저 교환하는 것이 좋았다.

이 장면에서 딩하오 9단이 장고를 했는데, 아마 그 수를 떠올려보지 않았을까? **인간은 속수***에 대한 고정관념이 있기 때문에 모양에 얽매이지 않는 자유로운 선택을 하기가 쉽지 않다.**

---

*   脈, 수단의 실마리가 되는 중요한 수 또는 그 자리.

**   惡手, 잘못 놓거나 부적당한 나쁜 수. 두어진 결과가 형세에 악영향을 미치는 수.

*** 俗手, 정당한 착점이 아닌 속된 수. 별생각 없이 습관적으로 놓아 최선의 결과를 얻지 못하는 수.

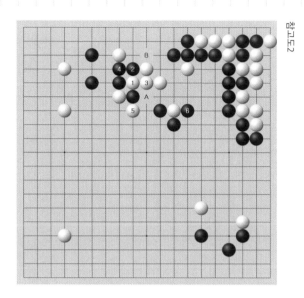

실전에서 백이 48로 붙인 이상 참고도2의 백1처럼 끊어가는 것이 흐름이지만, 흑은 알기 쉽게 2로 단수치고 흑4로 이으면 백이 5로 흑 한 점을 몰더라도 흑6으로 두어 두터워진다(A로 나오는 자리와 B로 건너가는 자리가 맞보기의 성격).

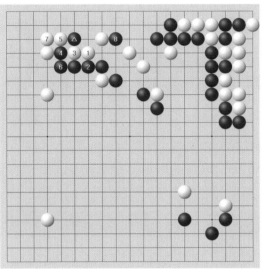

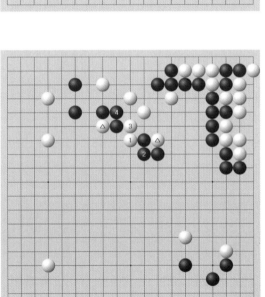

그렇다고 참고도3처럼 이제 와서 백1로 들여다본다면, 흑은 2로 위쪽을 이어서 ▲ 한 점을 버리면 그만. 흑8까지 두어 백돌을 끊어가면 이 진행은 백이 망한 결과다.

백은 최후의 수단으로 참고도4의 백1로 붙여가는 수를 생각해볼 수 있는데, 이 역시 흑이 2로 이어주기만 하더라도 백3으로 연결할 때 흑4로 꽉 이어서 ▲ 두 점이 폐석*이 되어버린 느낌이다.

딩하오 9단도 이런 변화들을 머릿속에 그려보고 내키지 않아 실전처럼 그냥 백50으로 늘어갔을 것이다. 그러나 흑51로 치받아두고 53으로 꽉 이어서는 흑의 기분 좋은 진행이다. 백48로 붙여놓은 돌의 체면도 크게 구겨졌다.

대국장 안의 공기가 있다. 결투를 벌이는 두 사람만이 느낄 수 있는 공기. 상대의 착수하는 손길, 표정, 몸짓, 호흡 하나하나에 의미가 담겨 있고, 예민한 승부사들은 그 의미를 포착한다. 이미 이 시점에서 공기의 흐름이 내 쪽으로 넘어왔다고 느꼈다. 때 이른 우세를 점했다.

---

* 廢石, 바둑판 위에서 제 구실을 다하여 활용 가치가 없는 쓸모없는 돌.

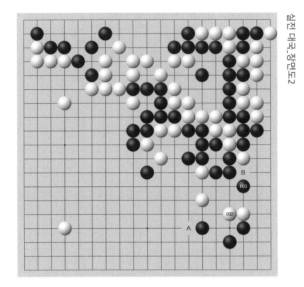

실전에서 백이 102로 늘어간 수에 대해 AI는 A의 자리로 붙여서 버텨가야 한다고 추천했다. 나 역시 흑103을 두어가면서 백이 B의 자리로 밀고 나오는 뒷맛이 사라져 굉장히 편해졌다고 느꼈다. 백이 뒷맛을 노리며 A로 붙여왔다면 더 어려웠을 것이다.

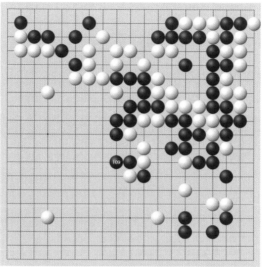

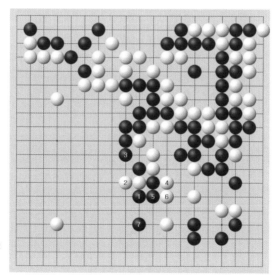

1. 제25회 농심신라면배 - 기적 같은 순간들

흑도 장면도3의 109로 늘어간 수로는 참고도5와 같이 흑1로 단수 몰아두고 3으로 늘어가는 것이 더 좋았다. 그러면 흑7까지 진행되었을 때 백을 더 강하게 몰아붙일 수 있었다. 사실 대국 당시에는 흑3으로 늘어가는 수를 미처 생각하지 못했는데, **복기를 해보면 내가 떠올리지 못했던 수들을 깨닫게 된다. 복기는 프로기사들에게 가장 중요한 공부다.**

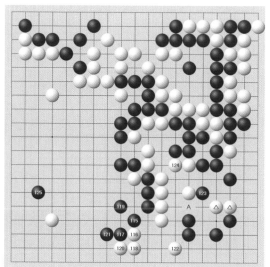

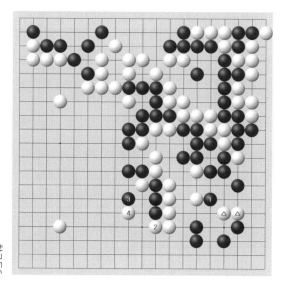

1. 제25회 농심신라면배 - 기적 같은 순간들

장면도4의 흑115로 두어간 수에 대해 AI는 참고도6 흑1의 자리에 바로 붙여가는 수를 추천했다. 그러면 ◬ 두 점을 잡아 흑이 80% 이상(3집반~4집반 정도) 우세하다고 한다. 하지만 사람의 관점에서는 참고도6의 백2와 백4 두 방을 맞는다는 걸 상상하기란 쉽지 않다. **이런 점에서 AI는 정말 냉정하다. 아픔을 모르기 때문에.**

백도 흑이 115로 두었을 때 장면도4의 A로 두어 ◬ 두 점을 살리면서 버텨가야 했다. 하지만 이 역시 인간의 관점에선 떨리는 수이다. 딩하오 9단도 버티고 싶은 마음이 굴뚝같았겠지만 행여 백대마가 다 잡혀버릴 수도 있기 때문에 용기가 필요했을 것이다. 특히 지금처럼 초읽기에 몰려 있을 때는 더더욱.

실전은 결국 123의 자리에 흑돌이 놓였고, 백124로 보강할 때 흑125로 걸쳐가게 되어서는 흑이 확실히 우세한 바둑이다.

이 대국을 승리하며 농심신라면배 15연승이라는 기록을 세웠다. '농심신라면배 수호신'으로 한국 바둑을 이끌던 이창호 9단의 14연승 기록을 넘어섰다. 절대 깨지지 않을 것 같았던 이창호 사범님의 연승 기록을 내가 넘어설 수 있어 무척 영광이었다.

그리고 이제, 마지막 한 판이 남았다.

제25회 농심신라면배 본선 14국(최종국)

⚫ **흑** 신진서 9단 　　　 ⚪ **백** 구쯔하오 9단

□ 2024년 2월 23일
□ 제한 시간: 각 1시간, 1분 초읽기 1회, 덤 6집반
□ 대국 결과: 249수 흑 불계승

하이라이트 1

우승까지 가는 길이 까마득해 보였는데, 어느덧 최종국까지 오게 됐다. 이제 단 한 명의 상대만 남았다. 그는 중국 랭킹 1위의 구쯔하오 9단. 2023년 란커배 결승에서 아쉬운 패배를 당했던 아픈 기억이 있지만, 그 후로는 내가 2연승 중이었다. 구쯔하오 9단은 멘탈이 강하고 큰 승부에서 잘 흔들리지 않는 기사다. 실력 이외에 인품도 훌륭하다고 느껴왔기 때문에 더욱 멋진 승부를 펼쳐보고 싶었다.

최종국인 만큼 대국장 안의 취재 열기도 뜨거워서 시작부터 긴장감이 감돌았다. 하지만 많은 분들의 응원을 받고 있기에 혼자가 아니라는 든든한 느낌이었다. 마치 온 우주의 기운이 나에게로 향하는 것 같은 기분도 들었다. 지금껏 그래왔던 것처럼 담담하게 내 바둑을 두어야겠다고 생각하며 바둑판에 몰입해갔다.

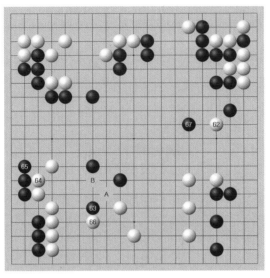

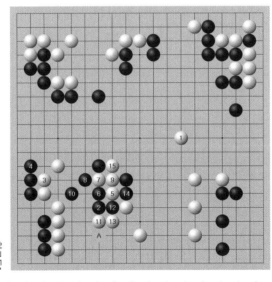

서로 빈틈없이 두텁게 두어진 포석. 구쯔하오 9단은 두터운 성향이 강한 기풍이다. 나 역시 초반은 내 스타일대로 잘 짜였다고 생각했다. 난 치열한 전투도 좋아하지만, 이렇게 물 흐르듯이 흐르는 포석도 자신 있다.

실전에서 백이 62로 어깨 짚어간 수로는 참고도1 백1의 눈목자로 두는 것이 좋았다. 그 이유는 실전처럼 흑이 2로 삭감해 들어왔을 때, 백5로 밭전자를 짼 후, A의 자리가 아닌 백11로 막아가는 수를 두기 위함이다. 흑이 12·14로 끊어와도 백이 15로 달아나면 백1의 자리가 절묘하게 축머리* 역할을 한다.

실전에서 흑63으로 백 진영을 찔러 들어간 수가 날카로웠다. 백은 밑으로 받아주는 게 최선이지만 잘 내키지 않는다. 백이 64로 밀어간 수는 얼핏 악수 같아 보이지만 백의 형태를 두텁게 만들기 위한 수법. 다만 구쯔하오 9단은 두터운 형태를 만들어두고 A나 혹은 B의 자리로 흑의 약점을 노리고 싶었던 것 같았으나, 결국 백66으로 물러났다. 만약 백이 흑돌의 약점을 찔러왔다면 좌하귀의 백돌들도 미생마여서 싸움엔 충분히 자신 있었다.

구쯔하오 9단은 이 장면에서 꽤 오랫동안 생각을 했다. 여러 가지 반발 수단을 떠올려보는 듯했지만, 여의치 않다고 판단하

* 축의 진행 경로에 위치하는 돌. 축이 성립되지 않게 하는 역할을 한다.

여 강수보다는 참는 쪽을 택했다. 아마도 승부를 길게 가기 위
한 선택이었을 것이다. 냉철한 승부사다웠다. 절대 서두르지
않는다.

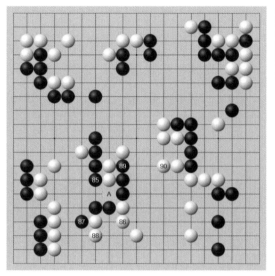

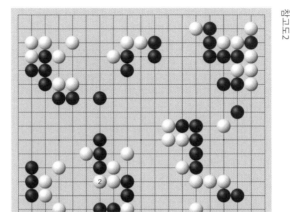

실전에서 흑이 85로 둔 수로는 참고도2와 같이 흑1로 단수 몰고 백2로 끊어올 때 흑3으로 막아서 승부로 갈 수도 있다. 흑 의 형태가 잘 잡힐 모양이 아니고, 백의 하변 집을 깨면서 전투 를 벌일 수 있어 AI도 이 진행을 추천했다. 나 역시 반발을 하 고 싶긴 했지만 이 시점에서 상대가 좀 흔들리고 있다고 느꼈 기 때문에 실전처럼 안전한 길을 택했다. 그리고 돌의 흐름상 백이 계속해서 A로 끊어올 거라고 예상도 했었지만, 구쯔하오 9단은 다시 냉정을 되찾고 백86으로 늘어갔다. 백이 물러서며 타협이 되자 막상 '반격하고 승부로 갈걸 그랬나?' 하는 후회가

들기도 했다. 더욱이 상대는 이미 초읽기에 몰려 있었기 때문
에 그랬다면 내가 유리한 싸움이 됐을 것이다.

더 좋은 기회를 놓치긴 했지만 장면도2의 흑89까지 되어서는
흑이 유리한 형세다.

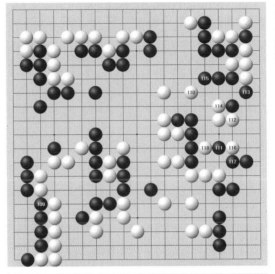

실전 대국_참고도 3

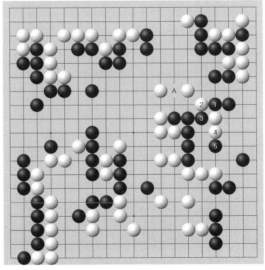

참고도 3

1. 제25회 농심신라면배 - 기적 같은 순간들

흑의 우세한 흐름으로 중반전이 흘러가고 있었다. 그러나 실전 진행(장면도3)에서 백110으로 왔을 때 흑111로 두어간 것은 대완착으로 이 바둑에서 가장 아쉬운 대목이다. 그 수로는 참고도3과 같이 흑1로 밀고 나와 백돌을 끊어야 했다. 백이 2·4로 싸워온다면 흑5로 두어 백 두 점이 잡힐 뿐 아니라, A의 약점까지 남아 백은 도저히 안 된다.

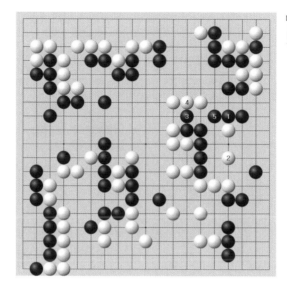

따라서 백은 참고도4와 같이 백2로 두는 게 최선인데, 그럼 흑5까지 튼튼하게 연결하여 아름다운 마무리를 할 수 있었다.

나의 실수를 틈타 구쯔하오 9단은 무섭게 찔러 들어왔다. 백116으로 붙이고 백118로 끼움당해서는 흑이 곤란해졌다. **정말 아찔했다. 생각할 시간도 얼마 남지 않아 곧 초읽기에 몰리기 직전이었다. 나뿐 아니라 지켜보는 팬들의 가슴을 철렁이게 만든 순간이었다.**

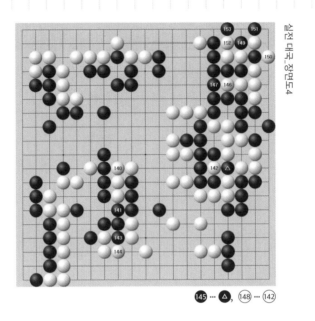

145 … ▲, 148 … 142

　결국 우변에서 서로의 대마가 얽힌 한 수 늘어진 패가 났다. 하지만 이 패는 백이 한 수의 여유가 있어 백이 유리한 패다. 초점은 흑이 우상귀의 패를 들어갈 수 있느냐는 것. 당시 나도 그쪽 패를 노려가기 위해 계속 팻감을 읽었지만 만만치 않아 망설이고 있었다.

　그런데 백이 장면도4의 백140으로 이어간 것이 큰 실수였다. 그 수는 우상귀의 패가 벌어졌을 때 백의 입장에서 팻감을 없앤 수이기 때문이다. 더욱이 백은 이 장면부터 줄곧 150의 자리로 따내 우상귀의 패맛을 없애기만 했다면 흑이 돌이키기 힘든 형세였다. 평소 침착한 구쯔하오 9단도 냉정을 잃고 흔들리고 있었다.

그러나 흑이 143으로 찔러둔 것도 우상귀 패의 팻감을 없앤 대실수. 우상귀 패를 먼저 결행하고 팻감으로 사용해야 했다. 긴박한 순간, 아무래도 이 대목에서 둘 다 무언가에 홀려 있었던 것 같다. 상대가 우상귀 패를 해소하면 끝이었다. 목이 마르고 가슴이 탔다.

서로 큰 실수를 주고받았지만 흑149~153까지, 결국 흑이 우상귀의 패를 걸어가게 되었다.

실수는 바로 잊어야 한다. 실수에 연연하다간 바둑을 그르치게 되므로. 나는 천금 같은 기회가 다시 찾아왔음을 느끼고 정신을 가다듬었다. 이제부턴 집중력 싸움이다.

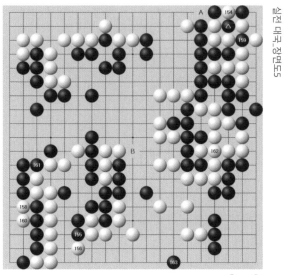

157 … △

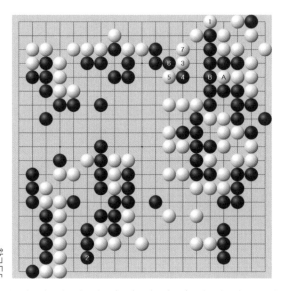

실전 대국 장면도5에서 흑155로 두어갔을 때 백이 156으로 받아주었는데, 백은 A로 따내서 패를 해소해야 했다. 그러면 참고도5와 같이 진행됐을 때, 백A(백146)와 흑B(흑147)의 교환으로 흑의 안형*이 사라져 있어 흑대마가 잡힌다. 이렇게 좌하귀 백대마와 우상귀 흑대마가 바꿔치기 된다면 백이 약간 유리한 형세였다. 하지만 짧은 시간 안에 이렇게 엄청난 바꿔치기의 결과와 형세를 판단한다는 건 거의 불가능하다. **이럴 때 승부사들은 자신의 승부 감각에 의존할 수밖에 없다. 백이 156으로 팻감을 받아주었을 때, 승리의 여신이 나의 편을 들어주고 있다는 기분이 들었다. 승부는 언제나 한 수 차이다.**

실전에서는 결국 흑이 우상귀의 패싸움을 이겼고, 그 대가로 백은 좌하귀의 흑돌을 잡았는데 이 결과는 흑이 미세하게 유리하다. 백162로 이어간 수는 마지막 패착**. 그곳은 백의 입장에서 한 수 늘어진 패므로 B의 자리로 늘어두고 버텨가야 했다.

흑이 163을 두어 확실히 승기를 잡았다. 이제야말로 판 위의 변수가 다 사라졌다. 나는 힘차게 비마***를 달리며, 한국의 농심신라면배 우승을 확신했다.

---

*   眼形, '눈'이 될 수 있는 형태.

**   敗着, 패인이 되는 결정적인 악수.

*** 飛馬, 끝내기 수법의 하나로, 장면도5의 163처럼 2선에서 눈목자가 되는 1선에 달려가 끝내기하는 수법.

구쯔하오 9단은 결국 249수 만에 돌을 거두었다. 그로서는 이길 기회가 여러 번 있었던 바둑이었기에 마음을 추스르기가 더 어려웠을 것이다. **패배의 아픔을 극복해야 하는 것도 승부사의 운명이다.**

이 대국에서 승리를 거두며 제25회 농심신라면배 세계바둑 최강전의 우승컵은 한국팀에게 돌아갔다. 개인적으로는 마무리 주자로 '끝내기 6연승'이라는 신기록도 달성했다. 길고 긴 싸움이 끝났다. 비로소 안도감과 기쁨이 몰려왔다.

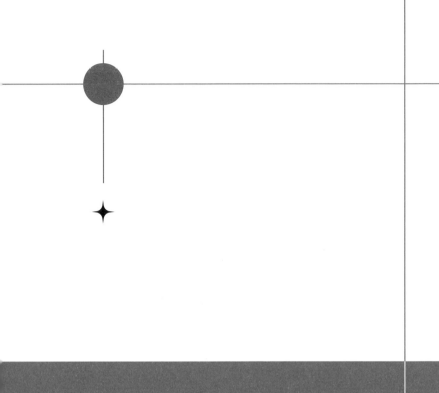

선배들의 삶과 그분들이
남긴 이야기를 더듬어보는 것만으로
배우는 게 많다.

2

프로기사의
—
삶

존재가 곧 배움이 된다

"다른 한국 기사를 모두 이겨도 이창호가 남아 있다면, 그때부터 시작이다."

중국의 바둑기사 창하오 9단이 남긴 말이다.

내가 좋은 성적을 내기 시작하면서 나를 이창호 9단에 비교하는 말들을 종종 듣게 된다. 팬들 사이에서도 나와 이창호 9단을 견주는 이야기가 꽤 도는 모양이다.

대선배와 비교되는 건 묘한 감정이다. 이창호 9단은 이창호 9단의 길을 걸었듯, 나도 나의 길을 걸어가는 것이기에 비교라는 게 의미가 있는 걸까 싶은 생각이 들기도 한다.

사실 내가 이창호 9단을 따라가기에는 갈 길이 한참 멀다. 단순 기록만 봐도 까마득한 업적을 남긴 이창호 9단은 나와 비교될 수준의 인물이 아니다. 비교되는 것 자체가 영광이자 감사한 일이다. 바둑을 지금 정도로 열심히 10년은 더 두어야 겨우

빗대어볼 만한 수준에 도달할 수 있는 게 이창호 9단의 커리어이고 존재감이다.

게다가 이창호 9단은 승수나 우승 경력 외에도 바둑의 패러다임 자체를 새롭게 제시한 인물이다. 현대 바둑은 두 번의 큰 변화를 겪었다고 배웠다. 첫 번째 변화는 '신포석'의 등장이다. 중국 출신으로 일본에서 활동하던 우칭위안 9단(1914~2014)과 일본의 기타니 미노루 9단(1909~1975)이 이 개념을 만들어 현대 바둑의 기틀을 잡았다.

그다음 단계로 바둑을 변화시킨 인물이 바로 이창호 9단이다. 그는 대국 시작부터 끝날 때까지 다양한 수의 가치를 쉴 새 없이 따져보며 계산하는 바둑을 추구했는데, 특히 이런 계산과 판단이 끝내기 단계에서 가장 치열한 형태를 띠게 된다고 보았다. 이창호 9단은 초반, 중반에 비해 미개척 분야였던 종반, 끝내기에 주목함으로써 바둑의 새로운 패러다임을 열었다. 이러한 끊임없는 형세 판단은 요즘 기사들이라면 기본적으로 지니고 있어야 하는 능력이 됐다.

이창호의 시대 이후의 바둑은 어떻게 진행될까? 인공지능의 시대가 도래하면서 또 한 번의 큰 변화가 올 것으로 많은 사람이 예측하지만, 그것이 정확히 무엇이라고 정리되는 수준은 아닌 듯하다. 다만 지금도 나를 포함해 수많은 바둑기사들이 인공지능을 공부하고 있고, 각각의 기사들이 인공지능을 어떻게 자신의 것으로 만들어낼지가 중요한 시대가 된 것 같다. 그렇게 인공지능과의 교류를 통해 모인 수많은 기사들의 지혜가 합쳐지면 이창호의 시대 이후의 바둑을 정리하여 말할 수 있지 않을까?

얼마 전 대국민 조사에서 '바둑' 하면 가장 먼저 떠오르는 이미지로 '알파고'를 제치고 이세돌 9단이 꼽혔다고 한다. 이세돌 9단은 2019년에 은퇴했다. 그런데도 아직 많은 사람이 '바둑＝이세돌'로 생각한다는 건 대단한 일이다. 이세돌 9단의 실력과 개성에 더해 알파고와 벌였던 대단한 접전과 감동이 사람들의 마음속에 남은 까닭일 것이다.

인공지능과 인간의 관계 맺기는 앞으로 다가올 시대에 계속되는 화두일 테니, 이세돌 9단은 기념비적인 인물로 오래도록 기억될 듯하다. 나 또한 인공지능과 아주 가깝게 살아가는 사람이지만, 나는 그저 인공지능의 시대에 들어와 있는 인물 중 하나일 뿐 그 시작을 극적으로 열어젖힌 이세돌 9단과 비교될 수는 없을 것 같다.

그런데 인공지능과의 대결이라는 빅이벤트가 없었다면 위 질문에 대한 답이 바뀌었을 수도 있지 않을까? '이창호'라는 이름으로 말이다. 우리나라뿐 아니라 전 세계에서 바둑을 두는 누구라도 인정하는 살아 있는 바둑계의 전설은 이창호 9단이다(많은 사람이 이창호 9단이 은퇴한 것으로 오해하는데, 그는 엄연히 현역 기사이다).

사람들이 상상하는 바둑기사의 이미지란 이창호 9단의 그것과 비슷하리라고 본다. 조용하고 차분하면서 묵묵한 이창호 9단의 얼굴과 삶은 이창호가 바둑이고, 바둑이 곧 이창호라고 부르기에 더없이 잘 어울리는 듯하다.

내가 궁극적으로 도달하고 싶은 어딘가에 이창호 9단의 모습이 있는 듯하지만, 이창호 9단의 업적과 내가 이루고 싶은 무언가가 같은 모양일지, 또 내가 열심히 해본들 그런 것을 흉내나낼 수 있을지 알 도리는 없다. 그저 다가갈 수 있다는 꿈을 가지고 하루하루 정진할 뿐이다.

나는 이창호 9단, 이세돌 9단에게 직접 바둑에 대한 가르침을 받거나 하지는 않았다. 과거에는 조훈현 사범님의 제자로 이창호 9단이 들어가는 등 선배와 후배가 사제 관계를 맺기도 했다고 들었지만 요즘은 그런 경우가 드문 것 같다.

두 선배와 많은 이야기를 나눠본 적도 없다. 이창호 9단은 바둑리그에서 같은 팀을 이뤄 만나기도 했는데, 자주 만날 기회가 있을 때는 내가 너무 어렸던 탓에 좋은 질문을 던져 배움을 얻기가 어려웠다. 지금 다시 같은 팀이 된다면 귀찮게 해드릴 자신이 있는데 아쉽다.

이창호 9단에게 용기 내어 던져본 거의 유일한 질문은 이것이다.

"사범님, 사범님은 별로 중요하지 않은 대국과 세계대회처럼 중요한 대국이 있을 때, 각각 어떻게 준비하셨어요?"

당시 연이은 대국으로 힘이 부친다고 느끼고 있을 때라, 선배가 적당히 힘 빼는 요령을 가르쳐주지 않을까 하는 기대감으로 그런 질문을 던졌던 모양이다.

그러자 이창호 9단다운 대답이 돌아왔다.

"나는 다 똑같이 준비해."

과연 바둑에 있어서는 어떤 경우에도 진심인, 진정한 프로기사가 할 수 있는 대답이었다.

선배들의 삶과 그분들이 남긴 이야기를 더듬어보는 것만으로도 배우는 게 많다. 바둑을 업으로 삼지 않는 사람들조차 이창호, 이세돌 9단의 존재를 통해 많은 감동과 배움을 얻지 않는가. 하물며 바둑기사로 살아가는 사람들이 이들에 대해 갖는 존경심과 배움에 대해서는 길게 말할 필요가 없다.

선배들의 바둑을 통해 정신적인 면에서 어떻게 성숙해야 하는지 배울 수 있었다. 이창호, 이세돌 9단 모두 자신만의 타고난 성격과 기질이 있다. 언뜻 보면 둘의 바둑은 달라 보이지만 한층 더 깊이 파헤치면 승리를 위한 냉정함과 날카로움을 똑같이 발견할 수 있다. 그들의 바둑에는 1인자가 되기 위해 필요한 어떤 것이 분명히 자리 잡고 있다.

이창호, 이세돌 두 이름을 빼놓고 한국 바둑, 아니 전 세계의 바둑을 논하기 어렵다. 불멸의 기록과 추억을 남긴 두 기사가 바둑계의 선배인 것이 무척이나 자랑스럽다.

선배들이 있었기에 나를 포함한 많은 후배 기사들이 여러 지원과 관심 속에 기사 생활을 이어갈 수 있는 것이라고 생각한다. 내가 어느 지점까지 오를 수 있을지 정확히 알기 어려우나, 나 또한 한국 바둑의 토대를 단단하게 할 수 있는 일이라면 언제든 나서 조금이나마 선배들의 노력을 이어가고 싶다.

AI는 끊임없는 숙제를 주는 존재고, 내가 게을러질 수 없게 만드는 1등 공신이다.
세계 1위에 올라서도 긴장감을 늦출 수 없는 건,
나보다 실력이 뛰어난 AI가 있는 덕분이다.
인간 중에 최강이라도 바둑의 최강은 되지 못했기에
나는 오늘도 부지런히 달려야 한다.

친구이자 스승이자 넘어서야 할 그것, AI

바둑기사가 된 후 인공지능AI에 대한 질문을 다수 받았다. 아마 이제까지 등장한 프로기사 중에 인공지능을 가장 적극적으로 활용한 사람이 나이기에 그럴 것이다.

현재 최고 수준의 프로기사를 기준으로 인공지능과 인간의 차이는 두세 점 정도 된다. 두 점 내지 세 점을 깔고 바둑을 두어야 인간이 인공지능과 맞대결이 가능하다는 의미다. 프로바둑에서 이 정도는 어마어마한 실력 차이이므로, **오늘날 인공지능은 바둑계에서 어떤 인간도 따라잡을 수 없는 초고수의 위치를 차지했다고 봐야겠다.**

이세돌 9단과 알파고가 맞붙은 2016년 이후 바둑 공부의 방식은 완전히 변했다. AI에 정답이 있기 때문에 대다수의 바둑기사들이 AI를 보고 공부한다. 내가 '신공지능'이라는 별명을 얻은 것도 AI가 추구하는 바둑과 유사한 바둑을 두는 데에서 비롯됐다.

과거의 대국을 담은 기보는 예전에는 귀중한 교본이었다. 나역시 이세돌, 박정환 9단의 기보를 보며 공부했다. **지금은 다르다. AI가 제시하는 모범답안이 존재하기 때문이다.** 기보를 참고하기에는 AI의 등장 이후 바둑의 형태가 많이 달라지기도 했다. **당대에는 최고의 대국이었던 기보가 지금 보면 그렇지 않을 때가 많아졌다.**

내 기보도 후배들에게 결정적인 도움을 줄 것이라 생각하지는 않는다. AI가 제시한 바둑의 정답을 인간이 받아들이는 과정에서 시도해본 여러 수법에 관한 참고자료 정도로 기능하지 않을까 싶다.

알파고 이후로 바둑 인공지능은 발전을 거듭했다. 인간 기사들도 노력했지만 기계의 속도를 따라잡을 수는 없었다. 이제 프로기사들에게 AI 공부는 기본이 되었다. 그러다 보니 각 국가가 보유한 AI 기술이 바둑 기량에 영향을 준다는 이야기도 있다.

바둑 AI에서 최고 선진국은 역시 중국이다. 중국 기사들은 전 세계에서 가장 발달한 AI를 도구로 활용해 바둑 공부를 하고 있다. 그렇다고 그것이 중국 기사와의 승부에서 큰 영향을 주지는 않는다. 우리나라도 그에 못지않은 최첨단 AI를 보유 중이고, 바둑 AI의 발전 속도가 과거에 비해 둔화되면서 AI의 버전 차이가 프로기사들의 연습에 지장을 주는 정도는 아닌 상황이다.

인공지능에 대한 생각은 다양하다. 긍정적인 기대도 있으나 두려움이나 반발심으로 인공지능을 바라보는 시선도 있다. 나 또한 어려서는 AI 없이 바둑을 두었기에 처음에는 그 존재에 당황했던 게 사실이다. 인간을 뛰어넘는 기량을 보인다는 이 도구를 어떻게 활용해야 할지 누구도 알려주지 않았다. AI를 받아들이는 게 맞는지, 내 공부법을 고수하는 게 맞는지에 대한 고민이 한동안 이어졌다. 지난한 과정 끝에 AI를 내 바둑에 도입하는 법을 습득했고, 이후에는 완전히 새로운 공부 방법으로 바둑을 대하게 되었다.

이제는 AI와 하루 대부분의 시간을 보낸다. AI가 최고의 스승이자 스파링 상대가 된 셈이다. AI 덕분에 예전이면 3시간을 고민해야 할 수를 30분만 고민하기도 한다. 다만 AI와 직접 대국하는 경우는 드물다. 인간과 사고방식, 리듬이 달라 인공지능과의 대국은 실제 대회에 적용하기에는 적절하지 않다. **실제 사람과 두는 대국만이 주는 공부의 가치는 여전히 존재한다.**

바둑기사들은 AI가 찍어주는 일종의 정답을 '블루스폿 bluespot'으로 통칭한다. 파란색 점으로 착수할 위치를 표시하는 AI 활용 바둑 프로그램의 특성에서 비롯된 용어다. 그러면 블루스폿을 달달 외우는 것이 AI 바둑 공부일까? 나는 그렇게 생각하지 않는다.

블루스폿과 같이 인공지능이 꼽은 추천 수만 따라가면 공부가 한정적이다. 그것을 뛰어넘는 수를 계속해서 상상하고 계산하며 내가 가진 수를 발전시켜 나가는 게 진짜 AI 공부다. 정답 너머의 정답을 바라보는 방식이다.

AI는 인간처럼 감각적, 직관적 방식이 아니라 계산적이고 수학적으로 바둑을 둔다. 섬뜩할 정도로 냉정하며 극도로 효율적이다. AI와의 대국은 차가운 감옥에 갇힌 것 같은 답답함과 서늘함을 준다.

그런 이유로 AI가 궁극적으로 바둑의 발전에 어떤 영향을 줄 것인가에 대해 긍정과 부정의 전망이 엇갈리는 것 같다. 따져보면 바둑만이 아니라 어떤 영역에서나 적용되는 논쟁이다. 압도적인 계산력으로 인간의 영역을 침범한 AI는 우리에게 인간성이란 무엇인가에 대한 질문을 던지고 있다.

이것을 바둑으로 해석해보면 '기풍棋風'에 관한 내용으로 연결된다. 기풍이란 바둑기사가 가진 자기 바둑의 스타일이다. 우리나라의 역대 스타 기사들을 보면 이름만 들어도 알 수 있는 그 사람만의 기풍이 있다. 그것은 바둑기사가 가진 성격의 발현이기도 하고, 오랫동안 바둑을 공부하며 쌓은 승리를 위한 전략이기도 하다. AI로 바둑을 익히면 자신의 스타일이 매몰되고 AI의 방향을 잘 따라가는 기사만이 살아남는 결과가 나온다는 게 AI의 등장을 우려하는 바둑인들의 목소리다.

정답은 없다. 다만 최일선에서 바둑을 두고 있는 내 입장에서는 걱정만 하기보다는 좋은 활용 방안을 찾는 쪽으로 AI를 이해하는 게 바람직하다고 느낀다.

우선 인간과 AI의 실력이 두세 점 차이라고 했지만, 그것이 결코 극복할 수 없는 차이라고 보지는 않는다. 상당한 수준을 갖춘 프로기사의 경우, 자신의 스타일로 바둑을 두어도 AI가 제시하는 정답과 크게 동떨어지지 않는다. 바둑이 내포한 궁극적인 정답에 AI만큼이나 인간도 가까워졌다는 뜻이다.

생각해보면 과거에도 공동연구를 하고 기보를 분석하는 과정에서 바둑의 정답을 나름대로 도출해왔다. AI 시대를 맞아 그것이 확연하게 체계화되고 완전하게 검증되었다는 차이가 있을 뿐이다. 각자의 시대에 주어진 도구로 정답을 찾는 연습을 우리는 하고 있는 것이다.

그래서 AI 시대 이전과 이후에 공부의 방식은 바뀌었을지언정 대국에서는 과거와 마찬가지의 입장이 아닌가 싶다. 현실적으로 아무리 AI가 제시한 정답을 공부한들 모든 프로기사가 그 무한한 경우의 수를 다 외워 경기할 수는 없다. **결국 그것을 참고해 나름의 흐름은 만들되 그때그때 상황에 맞춰 자신의 바둑을 두어야 하는 것이다.**

그런 의미에서 기풍은 사라졌다기보다는 과거에 비해 잘 보이지 않는다고 표현하는 게 적절할 것 같다. 잘 보이지 않는다는 건 바둑이 예전보다 고도화되고 수준이 높아지며 프로기사의 눈에는 보이지만 그렇지 않은 사람은 파악하기 쉽지 않다는 뜻이다.

이는 바둑에서 말하는 '묘수'의 존재와도 비슷하다. 기풍과 마찬가지로 AI 시대에 묘수가 실종되었다는 이야기가 나오는데, 엄밀히 말하면 그것은 틀린 말이다. 묘수는 언제나 있다. 다만 과거보다 묘수의 기준이 훨씬 높아졌기 때문에 묘수를 알아보고 묘수가 왜 묘수인지 설명하는 게 어려워진 것이다.

지금의 묘수는 AI가 찍어준 블루스폿이 아니다. 블루스폿은 당연히 두어야 할 정수正手이며, 정수를 뛰어넘는 묘수란 AI의 수읽기를 넘어서는 수가 되어야 하는 것이다. 묘수를 구현하는 난도가 높을 수밖에 없다.

반드시 추구해야 할 방향과 반드시 피해야 할 방향에 대한 학습이 고도화되며, 과거에 비해 기풍이나 묘수가 눈에 확연히 들어오지 않을 수는 있다. 예전에 비해 비슷비슷한 바둑을 두는 것이 아닌가 하는 오해도 생긴다. 또 어떤 기풍은 과거에만 존재하는 유산이 되어 지금은 경쟁력을 잃기도 했다. 예를 들어 뒤를 돌아보지 않는 돌직구 같은 기풍은 AI 시대에는 찾아보기 어렵게 되었다.

하지만 AI를 가장 잘 활용한다는 평을 듣는 나 역시도 나만의 스타일이 있고, 내가 상대한 무수한 프로기사들이 다 각자의 방식과 기풍이 있었다. **인간이 바둑을 두는 한 기풍은 사라지지 않을 거라고 본다. 묘수 또한 언제나 등장한다. 이길 수 있는 기풍을 만들고, 꼭꼭 숨은 묘수를 찾아내야 하는 과제가 있을 뿐이다.**

인간의 두뇌와 신체를 기계화할 수 있다면 AI가 두는 바둑에 최대한 유사하게 두는 연습이 핵심일 것이다. 실제로 그런 연습에 많은 시간을 투자하는 프로기사들도 있다. 정답은 없다. 나는 인간인 이상 인간의 바둑이 갖는 취약성과 흔들림을 완전히 벗어날 수는 없다고 생각한다. AI의 바둑에서는 단 한 번의 실수도 용납이 안 되지만, 인간의 바둑에서는 한 번 잘못 둔 수가 바둑 전체로 보면 잘못 둔 수가 아니게 되기도 한다.

실수에 좌절하지 않고 그것을 만회하려는 노력, 내 바둑을 둘 수 있다는 믿음, 어려움 속에 희망이 있다는 마음가짐이 인간의 바둑에서는 여전히 중요할 수밖에 없다.

이제는 프로기사들이 두는 대부분의 대국에 AI를 통한 분석과 해설이 시도되고 있다. AI가 그리는 정답을 기준으로 흑과 백이 실시간으로 얼마나 유리한지, 승률은 어떻게 되는지 바로 알 수 있어 팬들에게 또 다른 재미를 준다. 그런데 팬들도 알다시피 AI가 예측하는 승률이란 그저 확률일 뿐이다. 95% 밀렸던 바둑에서 5%의 가능성을 살려 승리하는 대국도 얼마든지 나온다. 나 또한 그런 경험이 있다.

충분히 활용하되 인간의 몸으로 바둑을 두고 있음을 잊지 않는 것. 이것이 AI 시대에 바둑 강자로 거듭나는 방법이 아닐까.

나는 현재 AI가 갖는 절대적인 존재감을 누구보다 인정하며 그것을 가장 많이 활용하는 사람이지만, AI는 나를 가두기보다 도약하게 하는 도구라고 생각한다.

AI는 끊임없는 숙제를 주는 존재고, 내가 게을러질 수 없게 만드는 1등 공신이다. 세계 1위에 올라서도 긴장감을 늦출 수 없는 건 나보다 실력이 뛰어난 AI가 있는 덕분이다. 인간 중에 최강일지라도 바둑의 최강은 되지 못했기에 나는 오늘도 부지런히 달려야 한다.

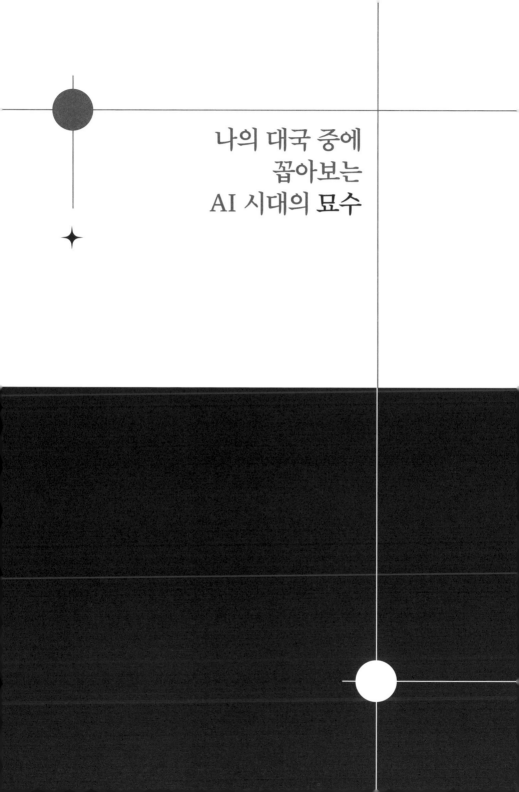

나의 대국 중에
꼽아보는
AI 시대의 묘수

흑 신진서 9단   백 커제 9단

- 제19회 항저우 아시안게임 남자단체 예선 4라운드(2023. 09. 30.)
- 제한 시간 각 1시간, 30초 초읽기 3회, 덤 7집반
- 대국 결과: 135수 흑 불계승

하이라이트

2023년 9월, 아시안게임 남자단체전에서 펼쳐진 커제 9단과의
대국. 개인전에서 동메달에 그쳐 아쉬움이 컸기 때문에 단체전
에서는 반드시 이기고 싶었다.

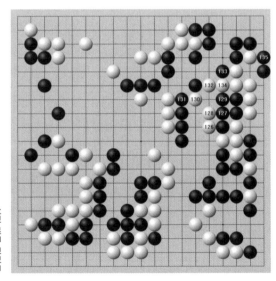

실전 대국, 장면도

흑이 우세한 국면에서 커제 9단이 우변으로 침입해 승부를 걸어오며 백대마의 사활이 승부처가 된 장면. 백이 126으로 단수쳤을 때, 흑127로 이은 수가 '전설의 오궁도화'로 불리게 된 기묘한 묘수다. 당시 AI도 이 수를 보지 못했는데, AI는 참고도 1의 흑1로 꼬부리는 진행을 추천하고 있었다.

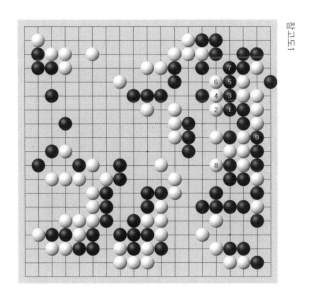

참고도1

이 그림 역시 좀 당해주더라도 흑9로 끊어서 충분히 이기는 진행이다.

하지만 실전에서 흑127의 잇는 수가 놓이자, AI 그래프가 흑 쪽으로 완전히 기울었다. 이 수의 의미를 따라가보면, 참고도2

2. 프로기사의 삶

의 백1로 단수몰 때 흑2로 더 키워 죽이면서 오궁도*로 만든다. 백3의 장문으로 흑돌이 잡히지만, 흑4·백5를 교환해두고 흑6 으로 건너가면 백이 7로 흑돌 다섯 점을 따내더라도 흑8의 자 리로 치중가서 백대마가 전부 잡힌다. 실전에서는 백130·132 로 변화를 구했지만, 흑이 133을 선수하고 흑135로 건너가자 역시 백대마가 모두 전멸했다.

커제 9단은 대마가 잡히자 바로 돌을 거두었다. '**오궁도의 묘 수**'로 통쾌한 승리를 거둔 바둑.

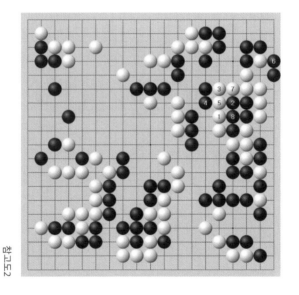

참고도2

---

* 다섯 개의 집을 가진 궁도. 완전한 삶의 형태가 아니라 가일수가 필요하다.

이 대국 이후로도 나를 비롯한 우리 국가대표팀 선수들이 좋은 성적을 거두며 영광스러운 금메달을 획득하게 되었다.

2. 프로기사의 삶

2. 날일자 씌움의 묘수

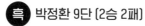 **흑** 박정환 9단 (2승 2패) 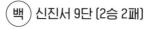 **백** 신진서 9단 (2승 2패)

■ 제2기 쏘팔코사놀 최고기사 결정전 도전 5번기 최종국(2021. 07.13.)
□ 제한 시간 각 2시간, 1분 초읽기 3회, 덤 6집반
□ 대국 결과: 246수 백 불계승

하이라이트

내 대국 중에 가장 애착이 가는 묘수는 제2기 쏘팔코사놀배 도전 5번기 최종국에서 등장한 수다. 당시 박정환 9단과 펼친 도전기에서 2승 2패로 박빙의 승부를 벌이며 최종국인 5국까지 오게 됐다. 상대 전적도 20승 19패로 팽팽했다. 4국에서 내가 완패를 당했던 터라 5국에서는 결코 무기력한 승부를 하지 않겠다고 다짐했었다.

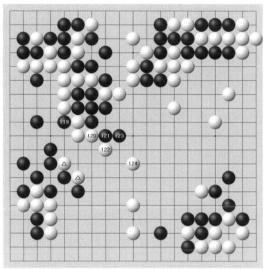

실전 대국_장면도1

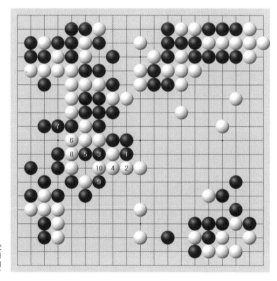

참고도1

105

2. 프로기사의 삶

장면도1. 흑이 119로 끊어오며 좌상변 백돌과 중앙 흑돌의 싸움이 승부가 됐다. 좌변 백은 5수. 흑의 입장에서는 중앙 흑돌의 수를 5수 이상 늘려야 하고, 반대로 백은 5수 이내에 흑을 잡아야 한다. 백120·122로 두고 흑이 123으로 늘었을 때 나는 깊은 생각에 빠져들었다. 그렇게 **안개가 자욱한 길에서 사경을 헤매다가 문득 묘수를 발견했다! 백124의 날일자로 씌워간 수가 바로 그것.**

이 수로 인해 반상의 분위기는 역류하기 시작한다. 얼핏 봐서는 백 모양이 엉성하고 약점이 많아 포위망이 뚫릴 것 같지만, △들의 도움을 받을 수 있어 의외로 견고한 모양이다. 만약 참고도1의 흑1·3으로 뚫고 나오려 하면, 백10까지 흑 두 점이 잡혀 흑이 안 된다.

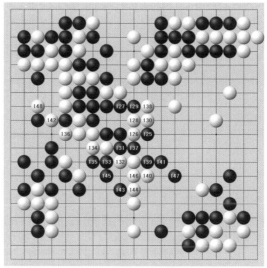

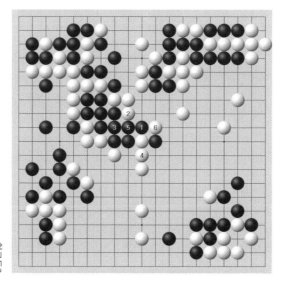

2. 프로기사의 삶

장면도2. 박정환 9단도 심사숙고 끝에 흑125의 한 칸으로 뛰어갔는데, 여기서 백126으로 끼워간 수가 장면도1의 백124와 이어지는 절묘한 묘수. 이 수는 변화가 너무 많고 어려워 몇 가지만 보여드리면, 우선 참고도2의 흑1은 백2~6으로 끊겨 촉촉수 비슷하게 흑이 안 된다.

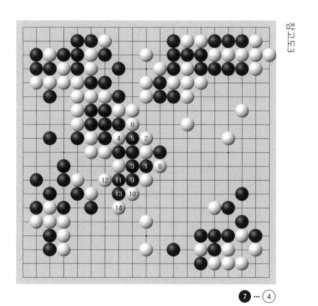

참고도3

⑦ … ④

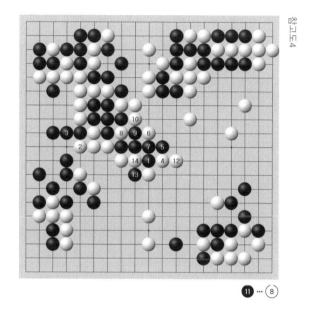

11 … **8**

참고도3의 흑1로 단수치는 것도 백2 다음 백4로 먹여치는 수에 의해 절묘하게 축으로 잡힌다. 결국 박정환 9단은 실전의 흑127로 밀어갔고, 외길 수순처럼 줄타기를 한 결과 백142까지 극적인 타협이 이뤄졌다.

대국 후 박정환 9단의 손이 가장 먼저 간 곳이기도 한, 참고도4 흑1의 마늘모 붙임은 어땠을까? 사실 모두가 궁금해하던 곳이었지만, 백6으로 들여다보는 수가 있어 백14까지 흑은 죽음을 면하기 어렵다. 백6의 자리는 AI도 못 보고 있던 수였는데, 그만큼 이 부근의 수읽기가 엄청 복잡하고 어려웠다.

2. 프로기사의 삶

이 바둑을 승리하며 대회 2연패를 달성했다. 멋진 승부였다. '알파고 이후 인간이 펼친 최고의 승부'라는 찬사가 쏟아졌다. 상대가 박정환 9단이었기에, 서로 후회 없는 명승부를 펼칠 수 있었던 것 같다.

그 버릇 평생 안 고칠래?

가장 큰 적은 나였다

한때 내 메신저 프로필에 '참을 인忍' 자를 적어놓곤 했다. 한동 안 내 화두는 참을성이었다. 일상생활에서의 이야기가 아니다. 바둑에서의 참을성이 문제였다. 참아야 할 때 참지 못하고, 차 분해야 할 때 차분하지 못한 승부가 이어지며 나는 슬럼프에 빠졌다.

다시 겪고 싶지 않은 순간이지만, 그때가 있었기에 지금의 내 가 있는 것은 사실이다. 이때의 경험으로 얻은 것이 있다. **좌절 과 실패는 힘들고 고통스럽다. 그러나 그것이 내일을 대비하고 나 를 성숙하게 만드는 예방주사일 수도 있음을, 동시에 빨리 가는 길 이 꼭 좋은 길만은 아님을 깨달았다. 급하게 달려가다 보면 놓치는 것이 생길 수밖에 없으니까.**

슬럼프의 조짐은 바깥에서 오지 않았다. 내 안에서 왔다.

스포츠 경기는 대부분 누군가와 대결하는 방식으로 진행된 다. 그렇기 때문에 상대가 누군지에 따라 넘어야 할 것들이 생기기 마련이다. 바둑도 상대에 따른 대응은 필요하다.

그러나 오랫동안 바둑을 두면서 느낀 것은 **바둑에서 가장 큰 장벽이 다름 아닌 나 자신일 때가 많다는 것이다.**

따져보면 무서운 일이다. 나의 가장 큰 적이 나라는 사실 말이다. 차라리 구체적인 외부의 무언가라면 그를 온갖 방법으로 분석하고 파악해서 준비하면 될 텐데, **나라는 존재는 제대로 들여다보기도 쉽지 않다. 내가 나를 객관적으로 본다는 건 참 어렵다.**

프로 입문 초창기인 15~16살 때의 기억은 좋다. 지나치게 공격적이고 신중하지 못하다는 약점을 가지고도 여러 대회를 우승할 수 있었다. 그 시절에 국내 최고 대회 중 하나라고 할 수 있는 렛츠런파크배 오픈 토너먼트에서 우승하기도 했다. 17살까지 하루하루 바둑 실력이 느는 느낌이었고 누구를 만나도 이길 수 있을 것 같은 자신감이 있었다. 일류 기사들과의 승부에서 이길 때가 생겼고, 세계대회에서 우승에 근접한 성적을 내기 시작했다.

승승장구하던 나날에 커다란 금이 간 시점은 2016년에 열린 LG배였다.

LG배는 지금도 여러 바둑대회 가운데 중요한 대회에 속한다. 당시 나는 4강에 진출한 상태였다. 4강까지는 전승 행진. 바둑도 여느 스포츠와 마찬가지로 기세가 중요했기에, 나는 이미 머릿속에 우승을 어느 정도 그려두고 있었다. 게다가 상대는 내가 자신감을 갖고 있었던 중국 기사 당이페이였다. 당이페이한테는 이전 대결에서 두어 번 승리를 거둔 경험이 있었다.

이날 대국을 앞두고는 황당한 소동도 있었다. 오전 10시 경기라 8시에는 일어나 준비를 해야 하는데, 그날따라 무슨 문제인지 휴대전화 알람이 울리지 않아 늦잠을 자버린 것이다.

그날 문을 부서져라 두드렸던 관계자는 얼마나 황당했을까? 문 두드리는 소리에 눈을 떴을 때 보이던 숫자가 아직도 생각난다. 정확히 9시 32분이었다. 부랴부랴 준비해서 씻는 둥 마는 둥 하고 대국장에 나갔다.

그때부터 스텝이 꼬이기 시작한 걸까. 처음에는 자신감 있게 당이페이와의 대국을 잘 이끌어갔으나, 중반에 이르며 역시나 경솔하게 착점한 나의 실수로 인해 조금씩 손해가 나기 시작했다.

사실 그때까지만 해도 제대로 마음을 다잡고 승부에 집중했다면 충분히 뒤집을 수 있는 상황이었다. 그러나 나는 이미 기분이 상하기 시작했고, **감정이 머리를 지배해 정상적인 판단을 하지 못하고 말았다.**

결국 나는 이 대국에서 내 인생 최악의 수라고 할 수 있는 악수를 두고 말았다(자세한 내용은 119~122쪽 참조). 축구로 치면 골문 바로 앞에서 툭 밀어 넣으면 되는 공을 하늘 높이, 멀리 차버리는 것 같은 수였다. 시간에 쫓겨서도 아니었다. 1시간 20분이라는 넉넉한 시간이 있었음에도 나는 내 감정과 성급함을 이기지 못했다.

어떤 방법으로도 만회가 어려운 최악의 수를 두었기에 이후의 승부는 볼 것도 없었다. 그렇게 나는 첫 번째 세계대회 우승의 기회를 날려버렸다.

그 순간 내 눈에 가장 먼저 들어온 건 바둑판이 아니라 대국이 벌어지는 곳 벽에 있는 창문이었다. 당장이라도 그쪽으로 달려가서 뛰어내리고 싶었다.

막연히 이쯤 되면 나아지지 않을까, 그래도 세계대회에 나가면 잘하지 않을까 하던 기대는 산산이 부서졌다. 어려서부터 냉정하지 못해 제 실력을 발휘 못 하고 진 경우는 더러 있었다. 하지만 그날의 LG배 경기는 차원이 다른 패배였다.

중요한 고비에서 중국 기사에게 패하면서 팬들의 실망감도 컸다. 팬들에게 죄송하고 부끄러운 마음도 있었지만, 무엇보다 프로의 타이틀을 달고 나간 큰 대회에서 10살에도 하면 안 되는 실수를 했다는 게 스스로 용납이 되지 않았다.

바둑과 관련한 사자성어 중에 '관전팔수觀戰八手'라는 말이 있다. '훈수꾼이 여덟 수를 더 본다'는 뜻으로, 훈수를 두는 이는 냉정한 시선으로 판세를 보기에 시야가 넓다는 뜻이다. **프로기**

사는 대국자를 넘어 훈수꾼의 냉정함까지 갖춰야 높은 경지에 이를 수 있다. 그런데 난 여전히 그 고비에서 허우적대고 있었다.

"그 버릇 평생 안 고칠래?"

아버지가 똑같은 실수를 거듭하는 나를 보며 하신 말씀이 마치 내 바둑 인생 전체를 옥죄는 예언처럼 다가왔다. 이제까지 바둑만 두면서 살았는데, 내가 바둑을 계속해도 되는지에 대한 의문까지 들었다.

주목받는 바둑 영재에 각종 최연소 기록을 경신하며 앞으로 나아가는 시간만 있었기 때문에 **실패를 받아들이고 회복하는 방법은 알지 못했다.** 이후에도 여러 고비가 있었고 앞으로도 있겠지만, 그날 느꼈던 좌절과 이어진 절망은 바둑 인생에서 가장 크고 깊고 길었다. 바둑 인생을 돌이켜보면 그때만 한 슬럼프가 없었던 것 같다. 자책감이 심하고 스스로에 대한 의심이 끊이지 않아, 아마 주위에서 힘내라는 말을 많이 해주었을 텐데도 귀에 들어오지 않았는지 기억이 없다.

슬럼프가 무서운 점은 악순환이 계속된다는 것이다. 나쁜 일이 벌어지면 그것을 반전시키기 위한 회로가 돌아가야 하는데, 안 좋은 마음이 더 큰 안 좋은 마음을 불러와 불안과 두려움이 눈덩이처럼 커진다.

내가 그 시기를 벗어나는 어떤 극적인 계기가 있었다고 말하고 싶지만 **그런 것은 없었다.** 지금 돌이켜보면 별거 아니었구나 싶기도 한데, 당시에 내가 느꼈던 터널은 정말 깊고 어두웠다.

칠흑 같은 어둠을 더듬어 가는 와중에 그래도 여기까지 왔는데 포기할 수 없다는 마음으로 그날그날 닥쳐오는 경기들을 소화했고, 그러다 보니 잘 안 풀리는 와중에도 몇 경기에 승리하며 조금씩 희망을 얻었던 것 같다. **힘든 시기에는 작은 승리도 큰 위로가 되었다.**

나 스스로를 격려할 수 있는 작은 발전, 작은 기쁨들이 쌓이면 슬럼프를 벗어나는 큰 동력이 된다. 잘 풀리지 않는다고 해서 획기적인 무언가로 상황을 반전시키려 하기보다, 조금 긴 호흡으로 작은 것들을 쌓아나가 보자. 이것이 슬럼프로 고민하는 이에게 내가 해주고 싶은 말이다.

LG배 최악의 수는
바로 이것!

흑 당이페이 5단   **백** 신진서 6단

□ 2016년 11월 16일
□ 제한 시간 각 3시간, 40초 초읽기 5회, 덤 6집반
□ 대국 결과: 165수 흑 불계승

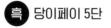

하이라이트

2016년 중국 항저우에서 열린 제21회 LG배 준결승전. 상대는
수읽기가 강하고 역전에 능한 당이페이 5단(현재 9단)이었다.

　이 바둑은 나에게 꽤 좋은 형세로 흘러오다가, 중반전에서 실
수가 몇 번 나와 만만치 않아졌다. 그래도 아직은 백이 유리한
국면이었는데, 흑이 155로 하변 백대마를 추궁해온 장면에서
백164로 한 칸 뛰어간 수가 **돌이킬 수 없는 최악의 수!**(지금 생각해
도 얼굴이 화끈거린다.) 흑이 165의 쌍립으로 두어오자 백대마의 숨
통이 끊어졌다.

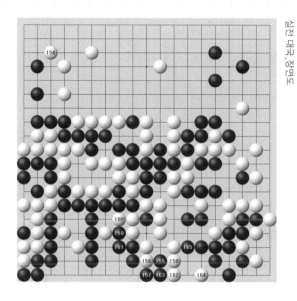

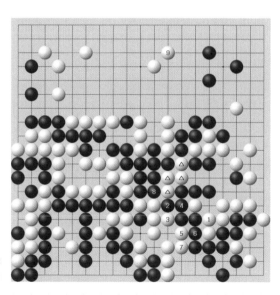

2. 프로기사의 삶

그 수로는 참고도와 같이 백1로 이어서 진행했다면 백대마를 살릴 수 있었다. 그 과정에서 중앙의 △ 넉 점이 잡히긴 하지만, 백이 선수를 뽑고 상변 백9의 자리를 차지하면 아직도 유리한 형세였다. 그리고 긴 승부로 갈 수 있었을 것이다.

당이페이가 흑165로 두어오자 나는 바로 돌을 던질 수밖에 없었다. 세계무대 결승으로 가는 길목에서 대마가 잡히는 끔찍한 일이 벌어졌다. 허무했다. 이런 어처구니없는 착각을 하다니…. 첫 번째 세계대회 우승을 향한 큰 꿈도 그렇게 사라졌다.

상처가 꽤 깊었지만, 그 아픔을 극복해야 하는 것도 승부사의 숙명이라 받아들였다.

지면 눈물이 날 정도로 분하고,

이기기 위해 밤을 새워 칼을 갈며,

승리를 위해서는 가랑이가 찢어져도 달려가는 내 성질이

오로지 바둑에서만 발현되는 게

참 다행스럽다 싶기도 하다.

간절해야 이길 수 있다

바둑기사로 살아가며 타고난 머리 이상으로 중요하다고 생각하는 게 있다. **바로 승부욕이다. 이기고자 하는 마음가짐. 승부에 지면 분해서 견딜 수가 없어 스스로를 극한까지 몰아넣어 이겨야 하는 근성 말이다.**

아마추어는 얼마든지 자기 기분에 맞춰 바둑을 둘 수 있지만 프로는 그럴 수 없다. 나 또한 내 성격대로 바둑을 두다가 좋지 않은 결과로 이어지는 아픈 경험을 통해, 성격과 기질을 다스려가며 승부욕을 발휘해 최선의 선택을 하는 게 프로임을 깨닫게 되었다.

요새 MZ세대들 사이에서 뜨거운 논쟁거리 중 하나가 '유전'과 '노력' 중 어느 것이 더 공부에 영향을 미치느냐 하는 것이다. 나는 학교 공부를 제대로 해본 적이 없다 보니 그 질문에는 답이 잘 떠오르지 않는다.

다만 바둑에 있어서는 타고난 머리가 아무래도 중요하다고 생각한다. 프로기사에 도달하는 수준까지 바둑을 둔다고 했을 때 이야기다. 단순히 바둑을 즐기고 주변 사람들과 소소하게 대결하는 정도라면 어떤 머리를 타고났는지는 전혀 중요하지 않다.

어떤 분야에 탁월한 재능이 주어졌고 그것이 운 좋게 발견되어 발휘할 기회까지 있었다는 건 정말 감사할 일이다. 어릴 때 사활 문제를 하나 풀어도 나는 비교적 쉽게 푸는데 나이가 한참 많은 형들이 끙끙대는 것을 이해 못 하기도 했다. 물론 크고 꾸준한 노력이 더해졌기에 지금의 내 바둑이 만들어졌지만, 최상위의 세계에서는 재능이 큰 영향을 끼친다는 점을 부인할 수 없다.

내가 아는 실력 있는 프로기사 중에 승부욕이 없는 사람은 없다. 아무리 좋은 머리를 타고났더라도 승부욕이 없으면 높은 위치에 올라서지 못한다. 그것이 강렬하게 나타나든 잔잔하게 발현되든 거친 승부의 세계를 이겨내려면 그에 합당한 강렬한 욕망을 품고 있어야 한다. **타고난 재능이 조금 부족하더라도 강한 승부욕을 가진 기사가 그렇지 않은 기사보다 더 좋은 결과를 만들어낼 수 있다고 본다.**

내가 바둑에 집중하게 된 맥락을 짚어보면, 처음에 바둑이 재미있어서 시작했고 성장하는 과정에서도 꾸준히 재미를 느껴왔다. 재미있었기 때문에 열심히 할 수 있었던 게 맞다. 그러나 바둑이 일이 되면서는 모든 순간을 재미로 즐길 수는 없게 되었다. 재미가 중요한 동기였던 것은 맞지만, 재미만을 동력으로 삼으면 멀리 가기는 힘들다. 승부의 세계에서는 결국 승부욕이 중심이 되어야 한다.

따져보면 승부욕은 '타고난 것'과 '노력' 모두와 연관이 있는 개념 같다. 어느 정도 타고난 것이면서 노력을 만들어내는 원동력 역할을 하기 때문이다.

승부욕은 목표와도 연결된다. 아버지와 내가 힘을 합쳐 지금까지 올 수 있었던 이유는 둘 다 머나먼 목표를 향해 나아가는 데에 근본적인 회의감을 가진 적이 별로 없었기 때문이다. 가는 도중에 지치고 힘든 상황은 언제나 있었지만, '왜 가야 하지?'라는 의문은 품지 않았다. 승부욕이 강한 부자가 서로에게 부스터를 붙여가며 여기까지 달려온 것이다.

아버지는 항상 내가 바둑 1인자가 될 거라고 믿고 망설임 없이 나를 이끌었다. 나 역시 어려서부터 반드시 내가 그렇게 될 수 있다고 생각했기에 누군가에게는 큰 목표가 될 수 있는 바둑리그 입선도 대체로 무덤덤히 임했던 것 같다. 우리는 한두 번 우승에 만족해 고삐를 늦출 생각이 없다. 지금도 아버지와 나의 목표치는 비슷하다. 세계대회에서 최소한 10번은 우승해야 한다는 것.

성격과 승부욕은 조금 다르다. 성격은 그 사람이 가진 일종의 기질이라고 할 수 있는데, 나도 어렸을 때는 타고난 기질이 바둑 스타일에 상당한 영향을 주었다. 가끔 이벤트 등에서 아마추어 선수들과 대결을 해보면 그 선수의 성격이 바둑에 고스란히 드러나는 모습을 보기도 한다. 대화를 굳이 나누지 않고 바둑만 둬봐도 상대가 급한 성격인지 호전적인 성격인지 조심스러운 성격인지 등을 어느 정도는 알 수 있다.

어려서부터 나는 승부욕이 강했다. 5살 때 유치원 대신 나간 바둑교실에서 1년 만에 모든 원생을 이겼는데, 이기고 싶어 하는 욕심이 바둑 실력 이상의 괴력을 발휘하곤 했다.

인터넷 바둑인 타이젬에서 강자들과 바둑을 두다가 9단에서 8단으로 강등되어도 잠이 잘 오지 않았다. 9단으로 올라가려면 14~15연승을 해야 하는데, 나는 밤을 새워서라도 9단이 되어야 잠들 수 있었다.

지면 눈물이 날 정도로 분하고, 이기기 위해 밤을 새워 칼을 갈며, 승리를 위해서는 가랑이가 찢어져도 달려가는 내 성질이 오로지 바둑에서만 발현되는 게 참 다행스럽다 싶기도 하다. 일상에서 내가 그런 인물이었다면 가족과 이웃에게 환영받는 사람은 되지 못했을 것이다.

아주 가끔 바둑과 관련한 논쟁이 벌어지거나 하면 지기 싫은 마음에 발끈할 때가 있기도 하지만 그건 정말 드문 일이다. 바둑을 빼고 나를 본 사람들은 대체로 나를 느긋하고 평온한 사람이라 여긴다. 그래서 그런지 내 겉모습을 보고 이창호 9단을 떠올리는 분들도 있다. 정작 바둑을 들여다보면 전혀 다른 캐릭터인데 말이다.

그런 의미에서 앞으로 '유전'과 '노력'의 우위를 가릴 때 한 가지가 더 추가되어야 하지 않을까? **내가 바라는 목표에 도달하고자 하는 간절함, 정신력, 승부욕 또한 중요한 요인이니까 말이다.**

바둑기사들 대부분은 삶이 곧 바둑이다.
마치 직장생활을 하듯이 일상을 살아가면서
그중 일정 부분을 투자해 바둑을 두는 정도로는 프로기사로 생존할 수 없다.
바둑기사는 내내 바둑만 생각하며 살다가
짬짬이 다른 일상을 산다고 표현하는 게 더 정확할 것 같다.

삶을 살다가 바둑을 두는 게 아니라,
바둑을 두다가 삶을 산다

프로기사의 세계에서는 승리만큼이나 패배도 중요하다. 모든 경기에 이기는 사람은 없다. 패배는 반드시 마주할 현실이고, 그것을 어떻게 딛고 다시 승리로 나아가는지에 따라 그의 경력이 결정된다.

죽기보다 지는 걸 싫어해 눈물을 흘리던 시기는 지나갔다. 지금은 열 번을 두면 한두 번 질 정도로 승리보다는 패배가 드문 일상을 보내고 있지만, 그 한두 번의 패배도 여전히 힘들다. 겉으로 울 수 없어 마음으로 운다는 게 무슨 뜻인지 알 것 같다.

평소에는 특별히 외로움을 느끼지 않다가도 지고 나면 문득 외로움이 찾아온다. 승리의 기쁨은 굳이 나누지 않아도 괜찮다. 승리는 즐겁고 행복하기에 혼자 있든 여럿이 있든 아무 문제가 없다. 하지만 패했을 때는 그 패배를 혼자 오롯이 감당하기 힘들 때가 있다.

원래 술을 거의 마시지 않는 나도 최근 중요한 대국에서 패하고 나서는 지인들과 술잔을 기울였다. 혼자서 패배를 감당하다가는 기분이 우울해져 다음 대국에 영향을 줄 것 같아 조기 진화에 나섰다. 친한 기사들과 푸념을 나누고 나니 완전하게는 아니어도 패배의 아픔이 조금은 가라앉았다.

프로기사들끼리도 그런 분위기가 있다. 승리했을 때 축하 연락은 해도 패하면 위로조차 아낀다. **축구나 야구처럼 팀 스포츠가 아니어서 무리 안에서 패배를 삭이고 분석하는 시간을 가질 일도 없다. 그저 혼자 시간을 가지고 패배를 곱씹으며 스스로 일어나는 것 외에는 도리가 없다.**

아버지가 항상 말씀하셨듯이 나는 승리만큼이나 패배를 대하는 자세가 중요하다는 것을 몰랐기에 자주 멘탈이 흔들렸다. 패배란 실은 생각조차 하기 싫은 존재가 아닌가. 승리에 대해 생각할 시간도 부족한데 패배까지 대비해야 한다니! **하지만 패배를 제대로 다룰 줄 아는 사람이야말로 진정한 강자다.**

바둑계에서 내로라하는 선배님들조차 패배의 고통을 벗어나기 위해 몸부림쳤던 일화들이 전해진다. 과거 조훈현 9단의 맞수였던 서봉수 9단은 패배의 고통을 달래기 위해 마실 줄도 모르는 소주를 병째로 입에 털어 넣었다고 한다. 까마득한 선배들의 일화지만 그런 행동을 하는 이유에 대해서는 공감이 가고도 남는다.

사실 패배가 그렇게 아프지 않다면 어떻게 승리가 절실할 수 있을까. 칼로 가슴을 찌르는 것 같은 그 고통을 피하고자 나를 비롯한 수많은 프로기사가 승리를 위해 오늘도 바둑판을 들여다보고 있다.

후배들이 혹시 나에게 패배의 아픔을 덜어내는 방법을 묻는다면, 멋지고 기발한 대답을 해주고 싶지만 원론적인 답변밖에 떠오르지 않는다. 누군가에게 잠시 위로받고 때로는 잠깐 쉬는 시간을 가질 수도 있겠으나 결론은 하나, 공부다.

바둑기사들 대부분은 삶이 곧 바둑이다. 마치 직장생활을 하듯이 일상을 살아가면서 그중 일정 부분을 투자해 바둑을 두는 정도로는 프로기사로 생존할 수 없다. 바둑기사는 내내 바둑만 생각하며 살다가 짬짬이 다른 일상을 산다고 표현하는 게 더 정확할 것 같다.

심지어 패배의 아픔을 달랠 때도 바둑을 둘 때가 있다. 한번은 세계대회에서 패했을 때, 잠은 오지 않고 뭐라도 해야 할 것 같아 컴퓨터를 켜고 인터넷 바둑을 두었다. 드라마를 보거나 술을 마시지도 않았다. 가장 자연스럽게 손이 간 게 바둑이었다.

바둑 꿈도 자주 꾼다. 사활을 풀거나 바둑 두는 꿈을 꾸는 건 흔하다. 우승하는 꿈을 꾸다가 일어나 그것이 꿈인 것을 깨닫고 허탈해하기도 한다. 길을 가다가 나름의 묘수가 떠올라 메모하고, 밥을 먹다가 어제 풀리지 않던 바둑 문제의 길이 보여

숟가락을 내려놓고 한참 바둑 생각을 한다. 그야말로 자나 깨나 바둑 생각, 바둑 없이는 살 수 없는 몸이다.

나와 관련된 친구들의 작은 농담 중 하나가 '신진서가 바둑판을 들여다볼 때는 청력이 사라진다'는 것이다. 바둑 공부를 할 때는 뒤에서 귀청 떨어지게 내 이름을 불러도 반응이 없고, 어깨를 두드릴 때까지 부름을 알아차리지 못한 경우가 잦다. 본의 아니게 오해를 샀다고나 할까.

그렇다고 해서 정말 매 순간 바둑에 100% 집중하고 있다는 뜻은 아니다. 인간인 이상 그렇게 살 수 없고 살아서도 안 된다고 생각한다. 쉼표를 찍는 순간은 있어야겠지만 내가 이야기하고 싶은 건 '휴식'과 '분리'가 다르다는 점이다.

고속도로를 달리다가 들른 휴게소는 여정의 이탈이 아닌 일부다. 나도 바둑 공부를 하다가 잘 풀리지 않을 때가 있다. 그럴 때 무작정 자리에 앉아 있지는 않는다. 잠시 딴짓하거나 더 재미있는 것을 찾아보기도 한다. 하지만 언제든 어느 시점에는 바둑으로 빠르고 쉽게 돌아온다는 마음으로 쉰다. 내게 공부 중 쉼의 의미는 '떠남'이 아닌 '덜 집중하는 것'에 가깝다.

자신이 추구하는 것이 어느 정도 고도화되면 쉬는 방법도 잘 습득해야 한다. 쌓은 것이 많아지면 쉬는 것조차 불안해져 잘 쉴 수 없게 되고, 그러다 보면 과부하가 걸려 정작 힘을 내야 할 때 내지 못할 수 있다. 나는 쉴 때 쉬더라도 무게중심을 나아가고자 하는 방향에 적절히 남겨두는 방식으로 속도를 조절하고 있다.

잡념과 부담을 완전히 떨쳐내는 건 불가능하다.
억지로 떨어뜨리려고 하면 더 강하게 달라붙어 내가 해야 할 일을 그르치게 된다.
그렇다면 이들을 적절히 다뤄 곁에 두되,
내게 긍정적으로 작용하도록 다루는 것이 관건이다.

나쁜 것들과 친구 맺기

바둑도 경기마다 일종의 포인트가 있다. 정말 집중해야 하는 대목이 있다면 쉽게 지나가는 타이밍도 있다. 나에게는 흘러가는 대목인데 상대는 집중해야 하는 상황이라면 잠깐 잡념에 머리를 내주기도 한다. 사람의 정신력이라는 것도 너무 팽팽히 당기면 끊어질 수 있으니까.

집중할 때 집중하고 놓아야 할 때 놓을 수 있으면 좋겠으나 사람이란 게 그러기가 힘들다. 기척도 없이 스멀스멀 밀려오는 잡념들을 떨쳐내는 건 쉽지 않다.

잡생각에도 여러 종류가 있는데 지금 두는 바둑을 떠나 다른 바둑을 상상하는 게 흔한 잡념 중 하나다. 이 바둑이 뭔가 정리되었다고 스스로 믿어버리면 이 바둑을 계속 들여다보는 게 지겨워지기 시작하는 것이다. 씹던 껌에 단물이 빠지면 새 껌을 씹고 싶은 게 사람 마음이니까 말이다.

그런 의미에서 바둑은 참 힘들다. 단물이 다 빠진 껌을 씹고 또

씹어서 나오는 오묘한 맛을 발견하는 사람이 승리의 기쁨을 맛보게 된다.

우리가 어떤 일을 하려고 할 때 실제로는 그것을 해낼 만한 능력을 갖추고 있음에도 불구하고 자신이 가진 선입견, 한계, 두려움 등으로 제 실력을 발휘하지 못할 때가 있다. 바둑 역시 마찬가지다. 예를 들어 집중해야 할 때 집중하지 못하는 경우가 그렇다.

대회에 따라 바둑은 한 경기에 1시간에서 길게는 4시간 이상이 걸리기도 한다. 3시간 넘게 이어지는 바둑은 경기 내내 집중한다는 게 쉽지 않다.

바둑은 번갈아가며 두는 방식이고 시간이 길다 보니 중간에 화장실을 가거나 바람을 쐬기도 하고 간식을 먹기도 하는 등 여러 가지 일들이 벌어진다. 점심시간을 끼고 있는 경우 아예 식사 후 경기가 이어지기도 한다.

아무리 프로기사라고 해도 몇 시간 동안 계속 집중하는 것은 불가능하다. 훈련이 쌓인 기사는 마음먹으면 50수, 100수 앞을 보는 것도 가능하다. 그렇게 하려면 시간과 공력이 적지 않게 소모되고 그 과정에서 실수 또한 잦아지니 잘 하지 않을 뿐이다. 굳이 그런 시도를 한다면 마지막 끝내기를 할 때 정도다.

바둑이란 승부를 결정짓기까지 과정이 복잡하고 까다롭기

때문에 특히 고수들 간의 싸움에서는 한 수에 승패가 결정 난다고 보기는 어렵다. 그럼에도 어떤 바둑은 승패를 결정짓는 한 장면이 있기도 하다. 예전에는 엉뚱한 곳을 바라보다 그 수를 두지 못해 역전패를 당하기도 했다. **마치 결정적 순간에 힘을 내어 사냥감을 덮치는 맹수처럼, 최상위권 기사는 힘을 써야 할 때가 언제인지 아는 법도 익혀야 한다.**

2020년 삼성화재배 결승전에서 커제 9단과의 승부가 잡념을 통제하지 못해 경기를 크게 그르쳤던 경우다. 그 유명한 마우스 사건이 있었던 대회다. 마우스 사건은 내 바둑 인생에서 가장 많이 회자된 사건 중에 하나라 많은 분이 알고 계실 것이다. 모르는 분들을 위해 간단히 소개한다.

삼성화재배 결승 첫 번째 경기에서 커제 9단을 상대하게 되었다. 온라인 대국 방식으로 열린 경기였다. 초반 20수까지 무난한 경기가 이어지다가 사건이 벌어졌는데, 내가 조작하던 마우스 선이 뜻하지 않게 노트북의 패드를 건드리면서 엉뚱한 곳에 착점이 되었다. 초반이었지만 너무 치명적인 착점이었기에 어떤 방법으로도 회복이 어려워 패하고 말했다. 전례가 없는 사건인지라 주최 측에서 이 일을 어떻게 다루어야 할지 갑론을박이 이어졌는데, 결론은 내 과실이었다.

마우스 미스로 1국을 그르치고 2국을 두는데, 1국에서의 패배를 어떻게든 만회하고 싶은 욕심이 커서였을까. 어느 정도 승산이 보이자 2국을 다 마치지도 않았는데 3국을 어떻게 운영해나가야 할지에 대한 생각들이 꼬리에 꼬리를 물고 이어졌다. 그러던 중 상상도 못 한 날카로운 반격을 커제 9단에게 맞으면서 완전히 판세가 바뀌어버렸다(이 경기의 자세한 상황과 기보는 143~147쪽 참조).

말 그대로 눈앞이 하얘졌다. 초읽기 시간도 넉넉했고 정신만 제대로 차렸다면 충분히 대응할 수 있었을 텐데, 잡념으로 머리가 흐려진 상태라 어떻게 해야 할지 감조차 잡을 수 없었다.

그렇게 커제 9단에게 승리를 내어주며 세계대회 결승이라는 큰 판에서 미끄러지고 나서야 잡념의 무서움과 집중의 중요성을 마음 깊이 깨달을 수 있었다.

이겼다고 믿을 때가 가장 위험한 순간이다. 스포츠만이 아니라 역사책을 펼쳐보면 수많은 역사적 비극이 방심과 자만으로 빚어졌음을 확인할 수 있다. **잡념은 교활하다. 이겼다고 생각해 방심하는 순간이 자신이 파고들 수 있는 가장 좋은 기회임을 알고 있다. 목표가 눈앞이라면 그때야말로 조심해야 한다. 그때가 가장 큰 위기일 수 있다.**

부담감도 마찬가지다. 어렸을 때는 국내 바둑리그에 출전하는 것조차 너무 긴장되고 부담이 커서 제 실력을 발휘하지 못하곤 했다. 손이 떨려 바둑알을 집어 원하는 곳에 놓는 것도 힘들 정도였다. 프로 입단대회에서부터 느낀 부담은 이후 첫 결승전, 세계대회 등에 꾸준히 이어졌다.

큰 부담은 실수를 낳는다. 골프에 '초크choke'라는 단어가 있다. 부담감으로 인해 플레이를 망치는 일을 뜻한다. 나 또한 바둑기사로 활동하며 무수한 초크를 범했다. 반대로 상대가 부담감으로 인해 흔들리고 있음을 느끼기도 한다. **결국 부담감은 똑같이 느끼는 것이고, 누가 그것을 더 잘 견디고 활용하느냐에 따라 유불리가 갈린다.**

지금은 여러 경험을 쌓으며 상대적으로 작은 대회에서는 긴장을 많이 하지 않는다. 하지만 부담감이 전혀 없는 대국은 없다. 상대가 강자면 강자여서, 약자면 약자여서, 여러 번 우승한 대회면 이번에도 우승해야 할 것 같아서, 준결승에서 미끄러진 대회면 우승을 하지 못한 대회라서 부담이 된다.

그렇다고 부담을 완전히 떨쳐내면 더 좋은 바둑을 둘 수 있을까. 나는 그렇게 생각하지 않는다. **적당한 부담은 나를 채찍질하고 안주하지 않게 만드는 자극제가 된다. 부담이 없다면 치열하게 노력할 이유도 없다.**

이창호 9단이 '조심하다' 할 때 쓰는 '조심操心'의 뜻을 풀어낸 것을 떠올린다. '조심'은 '마음을 잡는다'는 말이다. 중요한 일을 앞두고 머뭇거리게 된다면 그것은 두려움 때문일까, 조심성 때문일까? 이창호 9단은 두려움이 위기에 대한 인식이라면, 조심성은 그 인식 이후에 경계하는 마음가짐이라고 했다. **두려움을 없애기보다 그것을 조심성으로 바꾸는 것이 진정한 힘이자 통제라는 의미다.**

내 바둑 스타일도 돌아보면 그런 과정을 겪었다. 성격대로 바둑을 둔다면 나는 복잡하고 치열한 싸움을 하는 바둑을 두어야 할 것이다. 승리를 위해 스타일을 바꿔야 했고, 무수한 실패와 오류를 거쳐 지금에 이르렀다. 전투 본능은 필요할 때 꺼내 쓸 수 있도록 내 안에 잠재해놓고, 가장 이길 확률이 높은 안정적인 바둑을 구사함으로써 나는 한 단계 성장할 수 있었다.

잡념과 부담을 완전히 떨쳐내는 건 불가능하다. 억지로 떨어뜨리려고 하면 더 강하게 달라붙어 내가 해야 할 일을 그르치게 된다. 그렇다면 그것들을 내 곁에 두되 내게 긍정적으로 작용하도록 적절히 다루는 것이 관건이다. 더 중요한 것은 그것들을 직시하는 일이다. 실제로는 내 안의 이유로 목표에 도달하지 못했는데, 다른 것에서 패인을 찾거나 원망하는 것은 곤란하다.

2020년 삼성화재배,
잡념의 무서움을
깨닫다

흑 커제 9단 (1승)　　　**백** 신진서 9단 (1패)

□ 2020년 11월 3일, 온라인 대국
□ 제한 시간 각 2시간, 1분 초읽기 5회, 덤 6집반
□ 대국 결과 : 310수 흑 반집승

하이라이트

코로나19 팬데믹 시기여서 온라인 대국으로 치러진 2020년 제 25회 삼성화재배 결승 3번기. 1국에서 의도치 않은 1선 착점(마우스 미스)으로 허무하게 패하고, 반드시 이겨야 하는 2국이었다.

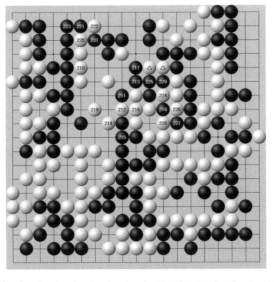

실전 대국_정면도

중반부터 좋은 수들을 발견하며 우세를 확립하고 승리를 눈 앞에 두고 있던 시점. 언제부턴가 중국 서버에 문제가 생겼는지 커제 9단의 접속이 끊기기 시작하면서 집중력이 흐트러졌다. 그 때문일까? 당연한 선수 교환이라고 생각하여 두었던 백210의 이음수가 상대의 반격을 불러오고 말았다. 바로 흑211로 붙여온 수가 흑의 노림이 담겨 있는 날카로운 일격. 무심코 참고도1의 백1로 막으면 흑2로 끊고, 흑4로 끼우는 묘수가 있어서 흑12까 지 상변 백돌들이 잡혀버린다.

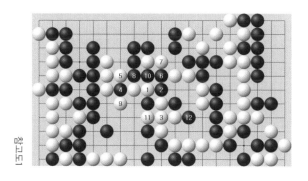

참고도1

커제 9단은 예리한 승부사다. 언제부터 그곳을 노리고 있었을 까? **그는 크게 불리한 국면에서도 호시탐탐 역전시킬 기회를 엿보 다가, 나의 작은 틈을 놓치지 않고 잘 버려진 단검으로 날카롭게 찔 러 들어왔다.** 그 수를 당하자 나는 크게 흔들렸고, 궁지에 몰렸다. 이마에 진땀이 흘렀다. 냉정함을 찾아야 했는데 그러지 못했다.

2. 프로기사의 삶

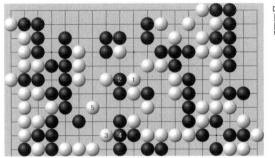

지금이라도 참고도2와 같이 대응했다면 피해를 최소화할 수 있었다. 어려운 진행도 아니었는데, 다 이겼다고 여겼던 바둑에서 기습을 당하자 나는 평정심을 잃고 말았다. 결국 실전에서는 흑229로 끊기며 ◎ 두 점이 잡혔고, 흑231로 백 한 점까지 잡아가자 형세는 아주 미세해지고 말았다.

5:5의 반집 승부. 하지만 나는 많이 우세했던 바둑이 알 수 없는 형세가 되어버리자 심적으로 안정을 찾기가 힘들었고 있는 힘을 다하기가 어려웠다. 반대로 역전에 성공한 커제 9단은 정교한 끝내기 수순을 밟아가며 더 이상 나에게 기회를 주지 않았다. 새삼 그의 진면목이 느껴졌다.

결국 310수까지 가는 접전 끝에 가혹한 반집패를 당했다. 무척 아팠다. 왜 집중하지 못했던 것일까. 후회가 몰려왔다. **이렇게 세계대회 결승이라는 큰 무대에서 커제 9단에게 우승컵을 내주**

며 미끄러지고 나서야 잡념의 무서움을 깨닫게 되었다.

돌이켜 생각해보면, 이때의 시련과 깨달음이 나를 강하게 키웠다.

2. 프로기사의 삶

머리를 쓰는 바둑기사에게
체력이 필요하다는 게 생소할 수도 있다.
그러나 바둑기사에게도
체력은 매우 중요하다.

프로기사는 몸으로 바둑을 둔다

경기 중에 내가 바나나 먹는 장면을 좋아하는 팬들이 있다고 들었다. **내가 경기 중 무언가를 먹는다는 건 생존을 위한 몸부림과 다르지 않다. 너무 힘들어 정신을 차리기 힘들 지경이라 입에 뭐라도 털어 넣는 기분이다.** 나뿐 아니라 여러 기사가 바나나, 초콜릿 같은 것을 입에 털어 넣으며 순간을 견뎌낸다. 나는 한때 차를 즐겨 마셨는데, 차를 마실 때마다 패하는 징크스 때문에 고생한 적이 있다.

바둑기사에게 체력은 중요하다. **30대에 접어들어서도 좋은 바둑을 두는 선배들을 내가 유독 존경하는 이유도 체력적 한계를 뛰어넘어 자신을 단련한다는 게 어떤 의미인지 알고 있는 까닭이다.** 소문난 애연가였던 조훈현 9단이 이창호 9단에게 밀리자 담배를 끊고 등산하며 체력을 관리해 또 한 번의 전성기를 맞이했다는 일화는 잘 알려져 있다.

체력에 대해 생각하게 된 결정적 계기가 있다. 2023년, 바둑이 아시안게임 정식종목으로 채택되면서 나는 국가대표로 선발이 됐다. 2010년 광저우 아시안게임에서 처음 정식종목으로 채택된 바둑은 이후 제외되었다가 13년 만에 부활했다. 대회에서 바둑은 남자 개인전과 단체전, 여자 단체전의 3개 종목으로 열렸다.

금메달을 딴다는 건 누구에게나 특별한 일일 것이다. 프로기사로서 국가대항전에 출전한 적은 많았지만 금메달이 걸린 대회에 나라를 대표해 출전한다는 것은 쉽게 경험하지 못하는 대단한 사건이 아닐 수 없었다. 처음이자 마지막 기회라는 생각에 준비기간을 포함해 아시안게임 기간 동안 정말 최대의 노력을 기울였다.

대회를 앞둔 8월에는 대표팀의 목진석 감독님, 동료 기사들과 함께 4박 5일 동안 진천선수촌에 입소해 합숙했다. 항상 입던 정장을 벗고 트레이닝복을 입으니 새로운 기분이 들었다.

그곳에는 몸을 쓰는 운동선수들이 대부분이라 체육하고는 거리가 멀어 보이는 우리가 선수촌을 오가는 모습이 생경했을지도 모르겠다. 모르는 사람이라도 마주치면 무조건 인사를 나누도록 하는 문화가 재미있었다. 비슷한 시기에 입촌한 배구 스타 김연경 선수를 봤던 기억도 난다.

선수촌에서는 바둑 연구를 기본으로 체력 훈련, 심리 강좌,

도핑 설명회, 메달리스트 강연회까지 다양한 프로그램이 있었다. 자연 속에 있는 선수촌은 공기가 좋고 조용했다. 바둑에 집중하기에는 최적의 장소여서 즐겁게 공부할 수 있었다. 치열하게 운동하며 메달을 따기 위해 땀 흘리는 다른 종목 선수들의 모습에 자극을 받기도 했다.

딱 한 가지 힘들었던 건 기상 시간이었다. 어려서부터 나는 내 기분에 따라 자유분방하게 생활해왔다. 예를 들어 경기에 패하면 새벽 5시 취침, 이기면 새벽 1시에 취침하는 식이다. 나이가 들면서 어느 정도는 취침 시간을 맞추게 됐지만 새벽같이 일어나 바둑을 공부하는 타입은 아니다. 그러다 보니 매일 아침 정해진 기상 시간에 맞춰 일어나 체조하는 게 체질에 맞지는 않았다.

소문으로 듣던 선수촌 밥을 먹어볼 수 있었는데 실제로 대단했다. 일반적으로 상상하는 급식 수준과는 차원이 달랐다. 반찬이 많고 질이 좋아 반찬만 다 먹으려고 해도 배가 부를 정도였다. 체질은 체질인지, 열심히 먹은 것 같은데 살은 전혀 안 쪄서 아쉽기도 했다.

그런 과정을 거쳐 출전한 아시안게임은 단체전에서 금메달을 땄지만 개인전은 동메달에 그쳐 마음의 부침이 컸던 대회다. 일정상 개인전 동메달이 결정된 상태에서 단체전을 치르다

보니, 단체전에서 금메달을 땄을 때도 마음의 짐이 조금은 남아 있었다.

팀을 이루어 함께 일궈낸 금메달은 자랑스럽고 기뻤다. 바둑에서는 팀으로 뭔가 성과를 내는 경우가 드문데, 국가를 대표해 함께 힘을 합쳐 가장 높은 위치에 도달했다는 사실에 가슴이 벅찼다. 시상대에 서서 올라가는 태극기를 볼 때도 국가대표로서 느끼는 뿌듯함 이상으로 함께한 동료들이 고맙고 자랑스러웠다.

그렇게 가슴 벅찬 경험을 했음에도 불구하고, 개인전에서의 아쉬움은 두고두고 남아 있다. 대만의 쉬하오훙 9단에게 준결승에서 패한 것이 결정적이었다. 준결승에는 나를 포함해 쉬하오훙9단, 이치리키 료 9단, 커제 9단이 올랐고, 나는 내가 결승에 진출한다면 커제 9단이 상대가 될 것으로 예상했다. 커제 9단의 기세가 좋았고 평소에 꼭 이기고 싶은 상대였기에, 쉬하오훙 선수와의 준결승 대국을 하기도 전에 커제 9단과의 승부를 준비했던 게 불찰이었다. 들뜬 마음이 실수를 낳았던 것이다.

쉬하오훙 9단과의 대결에서 중간에 한 번 조급한 마음에 빨리 착점하는 고질적인 실수가 나왔고, 마지막에도 집중력을 최대한 발휘했어야 했는데 결국 끝내기까지 실수했다. 우변에서 손실을 본 뒤 막판 추격전을 펼쳐봤지만 결과는 반집 차이 패배였다.

자만심과 오만의 결과는 동메달이었다. 동메달이 값지지 않다는 것이 아니다. 올바른 방식으로 대회에 임하지 못해 아팠다. 많이 배우고 성장했지만, 솔직히 돌아보고 싶지 않은 기억이다. 그 뒤로 나는 어떤 일이 있어도 멀리 보지 않고 눈앞에 있는 대국과 그 상대에 대해 준비한다.

부득탐승不得貪勝. 예로부터 전해지는 바둑을 두는 데 필요한 열 가지 전략 '위기십결' 중 하나다. 승리를 탐하면 이기지 못한다는 뜻이다. **자신감을 느끼되 자만하지는 말았어야 했는데, 그날의 나는 국제대회 우승이라는 욕심에 취해 부득탐승의 이치를 지키지 못했다.** 한문이 짧아 위기십결을 제대로 외우지 못하는 내가 유일하게 또렷이 기억하는 비결이 이 부득탐승이다. 존경하는 이창호 9단의 자서전 제목이기도 하다.

다사다난했던 아시안게임은 처음으로 내게 몸 관리의 중요성을 알려준 대회이기도 하다. 아직 젊은 나이이기는 하지만 그전까지 바둑을 두면서 체력적으로 힘들다는 생각을 한 적이 없었다. 특히 2020년부터는 코로나19로 온라인 대국을 하는 일이 많아 장거리 이동 때문에 체력이 소진되거나 하는 일도 드물었다.

그런데 아시안게임은 일정이 정말 빡빡했다. 9월 24일부터

28일까지 개인전, 29일부터 10월 3일까지 단체전이 진행되는데 하루 두 번의 대국을 소화해야 했다. 10일 동안 19~20번의 대국을 한다는 건 보통 일이 아니었다. 몸 관리 면에서는 타의 추종을 불허하는 박정환 9단조차 힘들다는 내색을 할 정도였다.

아시안게임을 마치고 나서 처음으로 몸이 축난다는 게 이런 느낌이구나 싶었다. 극심한 피로감이 몰려왔던 것이다. 큰 대회를 앞두고 진천선수촌에서부터 계속 긴장하고 전에 없이 치열하게 경기를 준비하니 에너지 소진이 상당했다. 또 늦게 자고 늦게 일어나며 대체로 자유롭게 생활하던 내가 합숙과 단체생활을 하며 전에 없던 루틴을 지키자니 생체 밸런스에 이상이 생긴 것 같았다.

이후로도 조금씩 몸 생각을 하게 되는 일들이 일어났다. 머리를 많이 쓰고 마음고생을 하면 당연히 몸에도 영향이 간다. 2021년 춘란배 결승 때는 난생처음 역류성 식도염에 걸려 고생했다. 결승전을 앞두고 있었고 박정환 9단이 고맙게도 스파링 대국을 해주기 위해 시간까지 만들어놨던 상황이었는데, 목이 너무 아파 모든 일정을 미루고 병원에 갈 수밖에 없었다. 식도염의 원인은 다른 게 없었다. 누적된 피로와 스트레스 때문이었다.

세계대회 중 LG배, 응씨배, 춘란배 등은 대국 시간이 길어 체력의 한계를 시험하게 하는 대회다. 제한 시간이 각자 3시간씩 주어지므로 한 경기를 7~8시간 동안 치르기도 하는데, 그런 경기를 치르고 나면 탈진에 가까운 몸 상태가 된다.

바둑기사는 하루 종일 앉아서 공부와 경기를 하므로 장거리 이동 등으로 생기는 피로감이 남들보다 클 수 있다. 특히 나는 비행기를 타면 유독 힘들어하는 타입이다. 한국과 중국을 오가며 여러 대회를 소화하다 보면 여정에서 오는 피로가 경기로 인한 소진과 맞먹기도 한다. 그렇다고 중요한 대회를 불참할 수도 없고, 비행기를 안 탈 수도 없는 노릇이다.

이창호 9단은 전성기에 한국, 중국, 일본을 오가며 연간 80~90경기씩 소화한 것으로 알고 있다. 아무리 작은 대회라도 최선을 다하는 그의 스타일을 고려할 때 경기를 치르며 피로감이 극심했을 것이다. 꼭 필요한 대회만 나오는 식으로 체력을 관리했다면 우리는 이창호 9단의 전성기를 더 오래 볼 수 있지 않았을까.

머리를 쓰는 바둑기사에게 체력이 필요하다는 게 생소할 수도 있다. 그러나 바둑기사에게도 체력은 매우 중요하다. 과학적으로도 뇌는 사람이 소비하는 에너지의 20% 정도를 담당하고, 창조적인 정신활동을 할 때 더욱 많은 열량을 요구한다고 분석되어 있다. 프로기사가 고도의 집중력을 몇 시간 동안 연속으로 발휘하면 많은 열량이 소모되고 몸에도 그만한 무리가 간다.

다른 스포츠 종목처럼 몸에 부상을 당하는 일이 없을 뿐, 고된 두뇌 노동에서 비롯된 체중 감소나 소화 불량, 두통을 호소하는 기사들을 심심치 않게 찾아볼 수 있다. 그러다 보니 바둑 기사들도 각자의 방식으로 체력 관리를 열심히 하고, 만나면 운동 방식에 대해 팁을 공유하기도 한다.

다행스럽게 나는 체력 보충에 가장 중요하다는 잠은 잘 자는 편이다. 하루에 최소 8시간씩은 잔다. 예전에는 중요한 대회를 앞두고 잠을 설치기도 했다. 이제는 경험이 쌓이면서 웬만하면 숙면한다. 술과 담배도 하지 않는다. 그런데도 벌써 예전보다는 체력이 달린다 싶을 때가 생겨 어떤 식으로든 몸을 챙겨야겠다는 걱정을 하고 있다.

드라마 <미생>에 나오는 유명한 대사를 인용해본다. 입단을 목표로 하던 연구생 출신을 주인공으로 삼은 만화에서 체력에 관한 이야기가 나온 것이 우연은 아닐 것이다.

"네가 이루고 싶은 게 있다면, 체력을 먼저 길러라. 네가 종종 후반에 무너지는 이유, 데미지를 입은 후에 회복이 더딘 이유, 실수한 후 복구가 더딘 이유, 다 체력의 한계 때문이야. 체력이 약하면 빨리 편안함을 찾게 되고 그러면 인내심이 떨어지고, 그리고 그 피로

감을 견디지 못하면 승부 따위는 상관없는 지경에 이르지. 이기고
싶다면, 네 고민을 충분히 견뎌줄 몸을 먼저 만들어."

다른 건 몰라도 바둑에서 지는 것이 너무너무 싫었고,
지지 않는 길은 바둑을 파고 파고 또 파서 실력을
키우는 것밖에 없음을 본능적으로 느끼고 있었다.

3

바둑이
—
나를
키웠다

부산 꼬맹이, 프로기사가 되다

열심히 해야 한다는 생각은 프로에 입문한 지 한참이 지난 지금도 마찬가지지만, 어떻게 어려서부터 그런 마음을 먹을 수 있었는지 잘 모르겠다. 굳이 따지자면 타고난 승부욕 때문이 아닐까. **다른 건 몰라도 바둑에서 지는 것이 너무너무 싫었고, 지지 않는 길은 바둑을 파고 파고 또 파서 실력을 키우는 것밖에 없음을 본능적으로 느끼고 있었다.**

몇 번의 언론 인터뷰를 통해 내 성장사는 어느 정도 밝혀져 있다. 2000년에 부산에서 기원과 바둑학원을 운영하는 아버지 밑에서 태어나, 유소년기에는 아버지와 인터넷 바둑을 통해 바둑을 배웠다. 어려서부터 바둑이 재미있었다. 돌 따먹는 것부터 재미를 익혔다. 내가 이겨도 돌을 많이 따먹히면 울었던 기억이 있다.

바둑을 좀 아는 사람들은 내 성장사를 꽤 특이하게 여긴다. 보통 어려서 바둑학원을 다니는 것으로 출발해 영재의 기미가

3. 바둑이 나를 키웠다

보이면 유명 바둑 도장에 아이를 보내 전문적인 공부를 시키는 방식이 일반적인 경로인 까닭이다. 나는 또래 중 두드러진 기력을 보였음에도 도장에 가지 않고 독학으로 성장한 희귀한 사례다.

부산은 우리나라에서 두 번째로 큰 도시고 바둑학원도 여럿 있었지만, 최상위권 실력에 도전하는 아이가 바둑을 배울 만한 곳은 마땅치 않았다. 부산이 그 정도였으니 여느 지방에 있는 바둑 영재들은 일단 서울로 유학을 가야 하는 게 당시의 실정이었다. 내가 아는 부산에서 바둑 잘 두는 친구들도 대부분 서울로 떠났다. 실제로 내가 어려서 좋은 기력을 보이자, 아들을 서울로 보내 공부시키라는 조언을 부모님도 많이 들으신 걸로 안다.

그런데 내가 서울에 올라온 것은 한창 바둑을 배울 초등학교 시절을 거의 다 보낸 2012년이었다. 아버지는 본인이 바둑을 잘 아니 남의 손에 맡기기보다는 직접 나를 성장시키고자 하셨다.

일단 서울에 있는 도장을 가면 기숙사 생활을 해야 하는데, 어린 자식에게 타지 생활을 시키고 싶지 않은 게 부모님 마음이었을 것이다. 그것보다 더 큰 이유는 도장에 보내는 것 이상으로 혹독하게 훈련시켜 아들을 바둑 1인자로 키우고 싶었던 아버지의 의지였다.

바둑을 시작하고 나서 초등학교 때는 똑같은 일상의 반복이었다. 나는 다른 친구들보다 빨리 학교를 마쳤다. 곧장 아버지가 운영하는 바둑학원에 가서 계속 바둑을 두다가 집에 왔다. 집에 와서도 잠이 들 때까지 바둑 공부를 하고 깊은 밤이 되어서야 잠자리에 들었다. 친구들은 다 가는 영어, 수학학원에 다니거나 밖에서 뛰어논 기억이 없다.

어린 시절부터 나에게 바둑은 당연히 하는 것이어서 아버지가 제시한 길 외에 다른 방향을 생각한 적도, 생각할 겨를도 없었다. 다만 매일매일 두는 바둑이 지겹고 하기 싫어질 때마다 그런 생각은 했다.

"다른 친구들은 학원에 가서 특훈을 받는 중이고 나는 혼자 하고 있으니, 남들보다 더 치열하고 독하게 해야겠다."

나는 기억도 나지 않는 어린 시절 일화가 있다. 어떤 바둑기사가 "진서야, 바둑 공부 힘들지?" 하며 내 마음을 떠보자 나는 냉큼 "네"라고 대답하며 고개를 떨구었다가, 기어이 한마디를 덧붙였다고 한다. **"그래도 계속할 거예요."**

바둑으로는 타고난 머리가 있었고, 하루도 안 쉬고 바둑만 잡고 사니 실력은 쑥쑥 늘어 2009년 정도가 되자 어린이 바둑에서는 적수가 없었다. 그렇지만 갈 길은 멀었다. 여전히 전국적으로, 특히 서울에서 바둑을 제대로 배우고 있는 형들까지 이길 실력은 되지 못했다.

그때 바둑을 배우는 13세 이하 청소년과 어린이라면 누구나 출전할 수 있는 대한생명배에 나가, 당시 최고 실력자였던 이동훈 기사에게 경솔하게 바둑을 두다가 진 기억이 있다.

이동훈 9단은 나보다 두 살 위다. 당시 공격 일변도의 성급한 바둑을 두던 나와 달리, 이동훈 기사는 마치 이창호 9단을 연상시키듯 어린 나이에도 차분하고 진득하게 바둑을 두는 선수였다. 한두 살 차이도 간극이 클 때였고 이동훈 기사가 또래 중에 가장 실력이 뛰어났기에 맞붙는 것 자체가 대단한 일이긴 했다. 대마에 가까운 돌을 잡고 유리한 상황까지 갔다가, 어린 나이에 경솔함을 극복하지 못하고 역전을 당한 기억이 지금도 생생하다.

심기일전한 2010년에는 지난해의 단점을 어느 정도 극복하고 경험도 쌓이면서 5월에 정현산배, 7월에 대한생명배, 9월에 이창호배, 10월에 전국체전, 11월에 조남철국수배까지 우승하며 전국대회 전관왕을 차지했다. 그렇게 성적을 내자 부모님도 부산에 펼쳐놓은 생업과 나의 진로를 놓고 고민을 많이 하셨던 것 같다.

결국 내가 서울에 올라와서 바둑 공부를 하는 것으로 결정이

낳으나 바로 이사를 한 것은 아니었다. 부모님은 처음에 아예 부산을 떠나 서울로 올라오는 선택지는 생각하지 않으셨다. 그런데 내가 서울에서 바둑 공부를 해야 할 만큼 실력이 늘자, 부모님도 서울로의 이사를 고려하실 수밖에 없었다. 물론 부산에서의 생업이 있었고 서울에 기반이 있는 것도 아니었기에 현실적인 문제들도 생각하셔야 했고, 막상 서울 이사를 결심하더라도 부산 생활을 정리하는 데 어느 정도 시간이 필요했다. 하지만 내가 그 시간 동안 마냥 부산에서만 지낼 수도 없는 노릇이었다. 부족한 실전 경험을 늘리는 것이 중요한 시기였기 때문이다.

그리하여 4학년 말부터 1년 정도 서울을 자주 오가며 훈련을 하게 되었다. 서울에서는 명문 바둑도장 중 한 곳인 충암 바둑도장에서 주로 공부했으며, 장수영 바둑도장과 아마바둑사랑회에도 다니면서 여러 프로기사들과 아마추어 강자를 만나 대국을 하고 지도를 받았다. 이렇게 여러 도장을 돌아다니며 배우는 것이 흔한 사례는 아니다. 내가 나름 바둑 영재로 바둑계에서 이름이 알려진 상황이어서 가능한 일이었다.

충암도장에 있던 사범님들과 형들은 부산에서 만나기 힘든 고수들이어서 나에게는 좋은 공부가 되었다. 내가 바둑을 대하는 의지나 재능을 좋게 보셨는지, 그곳에 계신 분들은 나를 대

3. 바둑이 나를 키웠다

체로 긍정적으로 봐주셨다. 다른 친구가 하면 크게 혼났을 행동도 내가 하면 그냥 넘어가곤 했다.

마냥 모범생이었던 건 아니다. 제일 많이 했던 실수는 바둑 매너와 관련된 것이었다. 대국이 끝나면 바둑알부터 제자리에 집어넣고 자리를 정돈하고 떠나는 게 기본이다. 바둑에서 기분 나쁘다고 바둑돌을 정돈하지 않는 것은 야구선수로 치면 배트를 집어 던지고 간 것이고, 탁구선수가 라켓을 테이블 위에 그냥 두고 휙 뒤돌아 가버린 것과 마찬가지다. 그런 철없는 행동을 나는 대국에서 지면 화가 나서 종종 하곤 했다. **승부욕이 강해서라고 포장하기에는 참 못난 짓이 많았다.**

얼마나 버릇이 없었던지 내가 도장에 다니는 동안 단 한 번도 화를 내는 걸 본 적이 없는 자상하고 편안한 성품의 한 사범님이 딱 한 번 나에게 화를 내신 적이 있다. 바둑을 두는 내 자세가 너무 불량했기 때문이다. 그야말로 도장 내 최고 분노유발자였던 시절이다. **승부에 지나치게 집착하고 멘탈을 챙기지 못하는 자세가 프로에 입문해서도 문제를 일으킨 적이 많아, 차라리 그때 누군가에게 호되게 혼났다면 어땠을까 싶을 정도다.**

충암도장을 집중적으로 다닌 것은 반년 정도고 프로가 된 후에도 종종 찾아 훈련했다. 충암도장에서 나를 많이 지도해주신 분은 한종진 사범님과 이영구 사범님이다.

나를 '바둑에서 지면 화장실에서 한참 나오지 않던 아이'로 회상하시는 한종진 사범님은 바둑에서 필요한 마인드를 집중적으로 알려주셨다. 어린 나이라 으레 듣는 훈계처럼 넘기기 일쑤였어도 많이 들은 말은 남는 것 같다. 사범님은 늘 내가 조금 더 차분해지고 냉정해진다면 훨씬 더 좋은 바둑을 둘 수 있다고 격려하셨다.

이영구 사범님은 널리 알려진 바둑 고수였다. 나 같은 어린아이가 맞상대할 기회도 얻기 힘든 분이었다. 나를 아끼셔서 특별히 자주 지도해주셨던 기억이 난다. 사범님과 바둑에 관해 많은 대화를 나눴고 종종 "네가 나보다 세다"며 격려해주셨다. 지금도 사범님을 뵈면 그때 가끔 일부러 나에게 져주셨던 것인지 여쭤보기도 한다.

홈스쿨링만 하던 방식을 벗어나 서울살이 하며 바둑 실력을 갈고닦았지만, 2011년 6월에 한국기원에서 열린 입단대회에서는 고배를 마셨다. 3명 중 1명이 올라가는 1차 예선은 통과했는데, 6명씩 2개 조로 나뉘어 2명이 올라가는 2차 예선에서는 3승 2패에 그쳤다.

그날 응암동 집으로 돌아와서 나는 매일 한 마리씩 먹던 닭을 반 마리만 먹었던 기억이 난다. **한 마리를 다 먹을 자격이 없다는 생각에서였다.**

당시에는 너무나 아쉽고 분했지만 지금 돌이켜보면 그때 입단하지 못한 게 차라리 나았다. **바둑에 대한 자세가 전혀 잡히지 않은 상태에서 프로까지 되어버렸으면 올바른 방향 설정에 더 많은 시간이 필요했을지도 모른다.**

그해 가을까지 나는 부산 지역 연구생 신분이었다. 그러다가 9월에 부산 연구생을 반납하고 서울 연구생 선발전에 출전했다. 한국기원 연구생 리그전에서 연구생 공동 1위를 했다.

2012년 2월에 부모님이 부산의 생업을 정리하고 서울 응암동으로 올라오면서 나도 바둑부가 있는 충암초등학교로 전학했다. 그로부터 4개월 후 영재입단대회를 통해 프로 입단을 하면서 나의 프로기사 생활이 시작되었다.

내가 이른 나이에 프로에 입단할 수 있었던 건 기존의 입단대회 틀이 바뀐 덕분이었다. 원래대로라면 프로가 되기 위해 몇 년을 더 기다려야 했는데, 만 14세 이하 바둑 영재들에게 프로 입단의 기회를 주는 영재입단대회가 생겨 내가 첫 번째 혜택을 받았다. 중국 바둑이 거세게 추격하는 와중에 이창호, 이세돌의 뒤를 이을 대항마가 마땅치 않자, 한발 빠르게 신진 기수를 육성하려 했던 한국 바둑계의 전략이었다. 결과적으로는 빠른 프로 입단이 내 성장에 좋은 영향을 주었다고 생각한다.

입단대회에서 성적은 12전 12승이었다. 전승이라고 하면 화려한 기록처럼 보인다. 그 안을 들여다보면 말도 안 되는 바둑이 대다수였고, 거의 울면서 두다시피 했는데 운이 좋아 이긴 대국도 있다.

타고난 재능과 수년에 걸쳐 인터넷을 중심으로 쌓은 실전 경험으로 몇 살 많은 형들을 어쩌다 꺾을 정도의 기력은 갖춘 채 프로까지 됐다고는 하지만, **그때의 나는 그저 승패에 집착하며 철없는 바둑을 두는 꼬마 이상도 이하도 아니었다.**

프로가 되면서 나는 막 입학한 충암중학교를 자퇴했다. 어려운 결정은 아니었다. 부모님과 나는 바둑 외에는 다른 길이 없음을 잘 알고 있었다.

치열한 승부일수록 사소한 차이가 승패를 가른다.
아홉 수를 잘 두어도 한 수를 그르쳐 패할 수 있는 게 바둑이다.

인터넷이 나를 키웠다

다른 스포츠들도 그러하듯이 **치열한 승부일수록 사소한 차이가 승패를 가른다. 아홉 수를 잘 두어도 한 수를 그르쳐 패할 수 있는 게 바둑이다.** 경솔한 바둑은 벼랑 끝에 서서 추는 춤이나 마찬가지다. 그 춤이 아무리 화려해도, 한 발만 삐끗하면 천 길 아래로 떨어진다.

갈팡질팡했던 내 바둑의 흐름을 되짚어보면 인터넷 바둑 이야기를 빼놓을 수 없다. 서울 응암동에 올라오기 전까지, 사실 올라오고 나서도 한동안 내 바둑 세계의 중심부를 차지하고 있는 존재는 둘이었다. 하나는 아버지, 하나는 인터넷.

내가 조금 더 이른 시대에 태어나 인터넷으로 바둑을 둘 수 없었다면 지금의 내가 있었을까, 하는 상상을 한 적이 있다. 인터넷 바둑은 당시 나에게 빠른 승부로 활활 타오르는 승부욕을 잠재우고 실시간으로 랭킹을 올리는 재미를 맛볼 수 있는 최고의 오락이나 다름없었다. 어떻게 보면 또래 아이들이 빠지는 게임 중독과 비슷했다.

나는 컴퓨터 게임처럼 바둑을 즐겼고, 당연히 게임은 이겨야 의미가 있는 것이기에 승패에 광적으로 집착했다. 원래 승부욕이 강하기도 했으나 인터넷 바둑이 주는 빠르고 즉각적인 승패 산정 방식에 길든 부분도 있을 것이다.

인터넷에서 바둑을 두는 과정은 컴퓨터 게임과 다르지 않다. 자기 실력에 맞는 적당한 단수를 설정하고, 서버에 접속해 비슷한 실력을 갖춘 상대를 찾아 대결을 신청한다. 그 과정을 무수하게 반복하며 이기면 등급이 올라가고 지면 등급이 떨어진다.

내 폭발하는 도파민을 충족하기 위해서는 많은 승리가 필요했고, 많은 승리를 거두기 위해서는 빠르게 바둑을 두어야 했다. 당시 인터넷 바둑은 10초, 30초, 60초 등 한 수마다 두어야 하는 제한 시간을 선택할 수 있었다. 나는 주로 20초, 30초 바둑을 두는 편이었는데 가끔 10초 바둑을 두기도 했다. 사실 20초, 30초 바둑도 선배 세대의 누군가가 보았다면 "이건 바둑이 아니다"라고 선언할 법한 방식이다. 제대로 판을 보기도 어렵고 상대의 수에 즉흥적으로 반응해야만 이어갈 수 있는 것이 20초, 30초 바둑이다. 하물며 10초 바둑은 오죽하겠는가. 승리에 대한

목마름을 채우기 위해 나는 그런 바둑을 나는 수백 수천 판 두며 시간을 보냈다.

그때 내 모습을 생각하면 제한 시간이 별 의미가 없기도 했다. 10초든 30초든 기다림의 시간이 너무 길게 느껴진 것이다. 상대방이 두는 그 몇십 초의 시간을 기다리는 게 몹시 지루했고 내 차례가 돌아오면 항상 지체 없이 바로 착점을 했다. 인터넷에서 만난 상대들은 내 바둑이 당황스러울 수밖에 없었을 것이다. 인터넷 바둑 특성상 빨리빨리 진행되는 편이긴 해도, 모든 수를 그렇게 착점하는 사람은 아마 나밖에 없었을 테니.

지금 돌이켜봐도 당시에 내가 둔 바둑은 '바둑'과 '바둑이 아닌 것' 사이 어딘가에 존재하는 형태였다.

바둑은 제한 시간이 있는 종목이기에 내가 빠른 바둑을 두어 시간을 절약하는 게 상대에게 압박감을 주고 대국을 유리하게 이끌어 갈 수 있는 부분도 있다. 그리고 만약 10수를 두면 그중 8~9수는 길게 생각하나 짧게 생각하나 똑같은 결론이 날 수 있다. 뻔한 수라면 빨리 두는 게 낫다는 뜻이다.

하지만 그렇지 않은 수가 늘 있다는 게 문제다. 그 시절의 나는 한 수 한 수 흐름을 읽고 형세를 파악하며, 때로는 물러나고 때로는 기다리며 나만의 그림을 그려가는 능력이 없었다. 어린 나이니까 당연한 것이 아니냐고 혹자는 두둔할지 몰라도, 이른 나이부터 차분하고 진득하게 바둑을 두는 친구들은 많았다. 대여섯 살 때는 나처럼 바둑을 두는 친구가 10명 중 5명은 있다고 할 수도 있지만 10대 초중반쯤 되면 10명 중 9명은 훈련과 연습을 통해 평정심을 갖추고 성숙한 바둑을 둔다. 유독 내가 그 나이에 이르기까지 바뀌지 못한 것이다.

나는 심지어 프로기사가 되고 나서도 큰 그림을 보거나 상대의 의중에 맞춰 내 수를 구상하는 것에 큰 관심이 없었다. **본능이 시키는 대로 착점하고, 내가 하고 싶은 대로 정신없이 상대를 두드려 승리를 따내는 것이 내 바둑의 대부분이었다.**

나는 인터넷 바둑에서 꽤 놀라운 성적을 냈다. 미위팅, 판팅위, 천야오예, 당이페이 등 중국 강자들과 원 없이 스파링했는데, 실제 대국으로 겨루면 도저히 이길 수 없는 최정상급 기사를 이기기도 했다. 초속기 착점으로 대표되는 치기 어린 기세에 프로기사들이 당황한 덕분이었을 것이다.

인터넷 바둑은 스무 살이 가까워질 때까지 많이 두었고, 그곳은 내 홈그라운드나 마찬가지였다. 그런데 '안방호랑이'라는 말이 실은 좋은 말이 아니듯, 인터넷에서 두던 마구잡이식 바둑은 한계에 부딪힐 수밖에 없다. 장점만큼이나 뚜렷한 단점을 내게 선물했다.

장점은 인터넷이 아니었다면 절대로 쌓을 수 없는 엄청난 양의 실전을 경험했다는 것이다. 나는 정말 어마어마하게 많이 바둑을 두었다. 한때 화제가 된 내 어린 시절 생활계획표에서 가장 많은 항목을 차지하는 것도 인터넷 바둑이다.

나의 공격적이고 전투적인 성향이 일면 신선하고 경쟁력 있어 보이기도 했을 것이다. 일반적인 바둑에서는 유리해지면 모험을 하기보다 안정적으로 마무리를 하며 균형을 맞춘다. 그때의 내 바둑은 내가 아무리 유리해도 한 번이라도 더 공격하는 식이었다. 권투로 치면 가드를 내리고 끊임없이 펀치만 날리는 복서였다고나 할까.

공격 일변도의 방식에는 기복이 있다. 두 점을 깔고 두어야 대적이 될 만한 상대와 호선(바둑 급수가 같은 사람끼리 두는 맞바둑)으로 두면서 이기기도 하는가 하면, 나보다 두 점이 약한 상대한테 어이없이 지기도 했다. **지나치게 빨리 착점하는 버릇은 프로 기사가 되고 수년이 지나서까지 떠나가지 않아 중요한 순간마다 내 발목을 잡는 가장 큰 약점이 되고 말았다.**

기질이라는 게 얼마나 무서운지, 책임감 있는 바둑을 두어야 할 지금조차 조금 더 생각해야 함에도 나도 모르게 착점할 때가 있다.

여기에 더해 그런 식으로 바둑을 두어도 세계 최정상급 기사를 상대로 승리한 경험이 오히려 독이 되었다. 어린 나이에 맛본 큰 승리의 달콤함이 '이렇게 둬도 잘하면 이길 수 있다'라는 식의 태도에서 더 벗어나기 어렵게 만든 덫이 된 것이다.

인터넷이 없던 시절에 어렵게 바둑을 훈련하던 선배들의 이야기를 들어보면 나는 기술 발전의 덕을 충분히 보았다는 생각이 든다. 앞으로도 전에 없던 신기술을 활용해 바둑을 배우는 기사들이 계속해서 배출될 것이다. 두뇌 스포츠이기에 갖는 특징이다. 잘 활용하면 쉽고 빠르게 실력을 쌓을 수 있는 좋은 도구가 되지만, 그에 따른 부작용도 함께 경계해야 한다. **하나의 방식에 지나치게 매몰되기보다는 균형감 있는 공부가 바람직하다.**

신진서의 어린 시절 생활계획표

아버지는 "힘든 상황에서 힘든 건 당연하다.
승부사의 길은 그런 거다"라고 말씀하시는 것이 기본이다.
그게 아버지식의 위로이자 격려다.

독하게 두었다, 아버지와 함께

요즘에는 다른 분야 1인자들의 스토리에 관심이 간다. 그들이 어떻게 성장했고 어떤 고민이 있었는지 보는 것이 재미있고, 놓치고 있던 것들을 배우기도 한다. 예전에는 그런 이야기를 봐도 그다지 느끼는 바가 없었다. 그러다 나이가 들고 이런저런 경험이 쌓이면서 내 위치에서 볼 수 있는 것들이 조금 더 넓어진 듯하다.

수많은 1인자 중에서 아무래도 나처럼 비교적 어린 나이에 두각을 드러낸 스포츠 선수들에게 눈이 간다. 배드민턴 국가대표 안세영 선수가 그랬다. 안세영 선수의 자기 직업에 대한 자부심, 배드민턴에 대한 애정, 어리다는 생각이 전혀 들지 않는 베테랑 같은 면모, 불필요한 유혹을 떨치고 오로지 운동만 바라보는 집중력 등은 많은 생각을 하게 해주었다.

어릴 때 아버지는 골프 여제 박세리 선수 이야기를 자주 해주셨다. 박세리 선수가 담력을 키우기 위해 공동묘지까지 가서 훈련했다는 일화는 아버지의 단골 멘트였다. 최고가 되는 과정이 얼마나 어렵고 치열한가에 대해 알려주고 싶어 하셨던 것 같다. 나중에 박세리 선수가 방송에 나와 공동묘지 훈련설은 사실이 아니라고 밝히긴 했지만.

인상 깊게 본 것은 세계적인 축구 스타 손흥민 선수와 아버지 손웅정 감독의 스토리다. 나는 이들 부자의 관계가 나와 아버지 사이와 비슷하다는 생각을 하기도 했다. 아들의 재능을 가장 먼저 알아보고 자신만의 방식으로 성장시켜 그것을 꽃피워 냈다는 점에서 그렇다.

정확히 알 수는 없지만 짐작건대 손흥민 선수도 나처럼 아버지의 교육방식이 나에 대한 큰 기대와 사랑, '저것만 고치면 될 텐데…' 하는 간절함에서 왔다는 걸 알고 있을 것이다. 아버지가 나를 진심으로 사랑하고, 나를 위해 모든 것을 희생하며 여기까지 왔다는 걸 알고 있다. 다만 머리로 아는 것과 그걸 실제로 감당해내는 건 다른 문제라 아버지의 사랑을 온전히 알기까지는 좀 더 시간이 필요한 것 같다.

아들과 아버지의 관계란 마냥 친하기만은 어려운 사이가 아닐까. 말수가 적은 전형적인 부산 사람인 우리 부자는 여전히 살갑게 대화를 나누는 사이라고 할 수는 없다. 가족의 소중함은 떨어져 있어야 깨닫게 된다고 서울에서 다른 분 댁에 잠깐 머물렀을 때를 빼면, 늘 곁에서 묵묵히 나를 뒷바라지해주셨기에 내가 아버지를 생각하는 마음은 아직 철이 없다.

아버지는 내 인생의 가장 큰 바둑 스승이자 코치다. 바둑 실력은 내가 일찍이 아버지를 뛰어넘었지만, 바둑 실력 외에는 모든 것이 부족했던 나에게 바둑을 두는 사람으로 어떻게 살아가야 할지 가르쳐주신 분이 아버지다. 세계 정상의 실력을 갖췄다는 지금도 아버지의 가르침이 필요할 때가 있는 것 같다.

어려서부터 아버지는 내가 하고 싶은 것을 모두 들어주셨다. 그런데 딱 하나, 바둑에서만큼은 조금의 양보가 없었다.

어머니는 내가 바둑을 공부하며 힘들어하는 모습을 보이면 따뜻한 말을 건네며 조금이라도 쉬고 편안하게 지내기를 바라시는데, **아버지는 "힘든 상황에서 힘든 건 당연하다. 승부사의 길은 그런 거다"라고 말씀하시는 것이 기본이다. 그게 아버지식의 위로이자 격려다.**

한때는 '아버지, 그렇게까지 해야 했나요?'라고 마음속으로 질문해보기도 했다. 내 바둑을 두게 된 지금은 '그렇게까지 해야 했다'라며 고개를 끄덕이게 된다. 내가 만약 이창호 9단과 같은 기질과 재능을 타고났다면 아버지가 그렇게까지 나를 몰아붙이지 않았을 것이다. **아버지는 나의 천방지축 같은 면모를 잘 다듬고 깎아내는 데에 많은 시간을 투자했다.**

그건 아버지가 높은 곳을 바라보고 나를 키웠기에 가능했던 일이다. 그리고 아버지만이 가능했던 일이기도 하다. 어느 정도 재능은 있었으니 아버지가 평범한 다른 바둑 영재들처럼 나를 도장에 보내 성장시켰다면 어찌어찌 최상위권까지는 갔을 것 같다. 하지만 그 정도로는 1위를 장담할 수 없다. 도장의 스승님들은 아버지만큼 나를 몰아붙여 바꾸지는 못했을 테니 말이다. 부자 관계였기에 그런 치열한 교육이 가능했던 것은 분명하다.

어린 마음에 아버지가 세워놓은 높다란 목표들이 때로는 너무나 막막하고 거대해 도망치고 싶기도 했다. 내게 아버지는 문제 대마왕이었다. 아버지는 내 나이에 도저히 풀 수 없는 사활 문제를 내고 그것을 끝까지 풀어낼 것을 요구하시곤 했다. **비록 결론에 도달하지 못하더라도 내가 이를 악물고 할 수 있는 최대한의 노력을 다해 발버둥 치는 모습을 보고 싶어 하셨다.** 아버지가 낸 문제를 풀 때 게으른 모습을 보이면 소리치고 꾸짖는 일도 많았다. 오기로 악에 받쳐 문제를 풀던 나도 가끔은 아버지가 요구하는 수준에 숨이 막혀 아버지 몰래 답을 펼쳐보기도 했다.

아버지가 나를 얼마나 엄하게 대하셨는지, 한번은 할머니가 우리 집을 방문하셨다가 나를 대하는 아버지의 모습에 놀라 다시는 아들 집에 오지 않겠다고 선언하셨을 정도였다.

아버지의 교육에 대해서는 자잘한 이야깃거리가 많다.

질풍노도의 시절, 내가 바둑 공부에 도통 집중하지 못하는 모습을 보셨는지 아버지가 새벽 2시에 갑자기 나를 집에서 내보내 바둑학원에 가서 공부하고 오라고 한 적도 있다. 나는 아버지가 시키니까 그 길로 밤길을 걸어 아버지가 운영하는 바둑학원에 갔고, 경비 아저씨는 이 시간에 왜 왔느냐고 의아해하며 문을 열어주셨다. 깜깜한 바둑학원에 불을 켜고 들어가 혼자 바둑판 위에 딱딱 소리를 내며 바둑을 두는데 기분이 묘했다. 그렇게 바둑을 두다가 책상에 엎드려 잠이 들었고, 아침에 학원을 나와 집으로 돌아왔다.

그렇게 우리 부자는 치열하게 싸우고 부딪치며 바둑을 두었다.

그 와중에도 아버지는 바둑을 하려면 잠을 잘 자야 한다며 잠은 내가 자고 싶을 때 마음대로 자게 해주셨다. 진도가 나가지 않는다고 해서 잠을 깨워가며 문제풀이를 시킨 적은 없었다. 물론 깨어나면 곧바로 온 정신을 바둑에 집중해야 했지만.

아버지와 내가 닮은 부분은 평소에는 느긋하고 감정 표현도 잘 하지 않다가, 바둑에 임할 때만큼은 싸움닭이자 다혈질로 변한다는 점이다. 이런 성격을 '다혈질'이라고 부르는 게 적절한지도 궁금하긴 하다.

아버지와 내가 격렬하게 충돌했던 지점은 바둑에 대한 태도였다. 일단은 인터넷 바둑에 익숙해진 내가 펼치는 '초속기 바둑'을 고치는 게 우리의 숙제였다. 숙고하지 않고 착점하는 습관을 나는 아무리 꾸중을 들어도 바꿀 수가 없었다. 나 자신도 알고는 있었다. 충분히 생각하지 않고 착점하면 실수가 나와질 수도 있다는 것을 알면서도 나는 긴 시간을 집중해 흐름을 읽는 것이 어려웠다. 그저 내가 두고 싶은 수를 빨리빨리 두고 싶은 마음뿐이었다.

아버지는 "숙고하는 게 정 힘들면 무조건 빨리만 두지 말고 몇 초간 기다렸다가 둬라"라며 내 시계를 조금이라도 늦추고 싶어 하셨다. 아버지의 불호령에 억지로 기다려보기도 했으나, 실은 별 소용이 없었다. 기다리는 시간 동안 바둑의 형세를 파악하는 훈련을 해야 하는데, 나는 그 시간에 딴생각하거나 인터넷 서핑을 했으니 말이다. 그런 나를 지켜보는 아버지의 걱정과 안타까움은 끝이지 않았다.

나는 초등학교에 입학하면서부터 부산과 서울을 오가며 대회를 치르기 시작했다. 아버지는 10시간 넘게 운전하며 나를 데려다주는 걸 마다하지 않으셨다. 어린 나이에 이렇게 먼 거리를 내내 오가며 성장한 바둑기사도 흔치 않을 것이다.

어린이 바둑 경기는 제한 시간이 각자 20분 남짓이고 초읽기는 30초 정도다. 4~5시간도 두는 프로바둑에 비하면 아주 짧은 시간이다. 그렇기에 보통 20분을 다 쓰고 30초 초읽기를 적절하게 사용해가며 두는 게 정상이다. 그런데 나는 경기를 할 때 기본 시간 20분도 다 쓰지 않았다. 그러니 경기를 지켜보는 입장에서는 어이가 없었을 것이다.

아버지는 내가 8, 9살 때까지는 경기에 져도 별말씀이 없으셨다. 10살쯤 되자 기력이 많이 올라오고 실력을 제대로 발휘하면 두세 살 많은 형들과 대국해도 이길 수 있는 수준에 다다랐다. 그런데 지나치게 빨리빨리 두다 보니 좋은 기력이 있음에도 제대로 된 대결을 펼치지 못하고 경험 많은 6학년 형들에게 어처구니없이 큰 차이로 패하는 경기가 많았다. 조금만 생각했으면 피할 수 있었던 실수가 끝내 승부를 그르치곤 한 것이다.

그런 식으로 지면 아버지는 불같이 화를 내며 내 태도를 지적하셨지만 습관은 쉽게 고쳐지지 않았다. 아버지가 귀에 못이 박이도록 하신 말씀이 "승패에 지나치게 집착하지 마라"였다. 머리가 굵어질 때까지 나는 그 뜻을 헤아리지 못했다. 이기려고 두는 것이 바둑인데, 어떻게 승패에 매달리지 않을 수 있단 말인가?

아버지는 자기가 무슨 바둑을 두는지도 모른 채 엉망진창인 승리를 거두기보다는 설사 패배하더라도 내 바둑을 만들어나가 어떤

　　　　　　　　　　　　3. 바둑이 나를 키웠다

상황에도 흔들리지 않고 평정심을 유지하는 기사가 되기를 원하셨던 것이다.

실은 그것은 바둑을 제대로 배운 사람이라면 누구나 아는 바둑의 정도正道다. 기본 중에 기본인 것을 지키지 못한 채 번뜩이는 재능에 매달려 대국에 임하던 나의 어린 시절은, 남들이 보기에는 찬란했을지 몰라도 불안하기 이를 데 없는 것이었다.

지금의 내 바둑은 장기라 할 수 있는 거침없고 공격적인 기질은 남겨둔 채, 긴 시간에 걸쳐 도려내야 할 부분을 조금씩 깎아내 만든 기풍이다.

세계 정상이라는 위치에 도달하고 나서도 아버지는 여전히 나를 100% 인정하시는 것 같지는 않다. 잘한다고 격려는 해주시지만 더 잘할 수 있지 않느냐는 무언의 압박을 보내시기도 한다. 그래도 요새는 가끔 어깨를 두드리며 이렇게 말씀하신다. **"신진서, 이제 사람 됐네."**

바둑을 놓고 벌이는 아버지와 나의 줄다리기는 언제까지 이어질까? 분명한 건 아직 끝나지 않았다는 것이다.

내 바둑의 토대를 쌓아주신 분으로 아버지 외에 또 한 분의 사범님을 꼽고 싶다.

2007년에 온라인 대국에만 익숙해져 있던 나를 오프라인 대국으로 상대하며 지도해주신 권병섭 선생님은 진정 고마운 분이다. 부산에서는 인터넷을 통하지 않으면 고수를 만날 수가 없었다. 어렸을 때부터 부산에는 아버지를 포함해 나와 맞대결을 할 만한 상대가 존재하지 않아서였다.

거의 유일하게 권병섭 선생님이 고향에서 만날 수 있는 나보다 높은 기력을 갖춘 분이었다. 어린 나이에도 선생님이 성심성의껏 나를 상대하고 복기를 할 때도 세심하게 지도해주셨던 기억이 난다.

선생님이 계시지 않았다면 나는 어린 시절 실제 대국에서 느낄 수 있는 분위기와 자세를 전혀 배우지 못한 채 성장했을지도 모른다. 이후 부산의 지역 연구생으로 들어가 여러 사범님께 지도를 받았지만, 권 선생님의 가르침이 가장 기억에 남는다. 이 지면을 빌려 새삼 감사드린다.

하면 된다는 단순한 진리가 증명된 순간이었다.
물론 전제를 붙여야 한다. '열심히' 하면 된다.

하면 된다, 다만 '열심히' 해야 한다

벽을 주먹으로 칠 때의 느낌이 있다. 온 힘을 다해 내질렀는데 벽은 꿈쩍도 하지 않고 오히려 내 힘만큼 주먹이 밀려나는 게 벽을 치는 일이다. 박정환 9단의 바둑을 처음 접할 때 내 마음이 그랬다. 평생 그를 넘어설 수 없을 것만 같았다.

박정환 9단과의 첫 대국은 2013년이었다. 나는 이제 막 프로에 데뷔한 애송이였고 박정환 프로는 그때 세계 최정상급 기사였다. 박정환 9단은 이세돌 9단의 뒤를 이을 한국 바둑의 핵심 인물로 평가받고 있었다.

첫 대국은 부담 없이 임했던 기억이 난다. 그도 그럴 것이 당시의 내가 박정환 9단을 이긴다는 건 사실상 불가능했기에 어차피 질 것이므로 한 수 배우고 오면 그만이었기 때문이다. 실제로 박정환 9단과 대결해보니 정말 강하다는 인상을 받았다.

지금도 그렇지만 박정환 9단은 수많은 바둑기사에게 공포의 대상이고 '무결점 바둑'으로 이름을 떨친 기사다. 그는 포석과 형세 판단, 수읽기 등에 모두 강해 특히 그 시절 나처럼 거칠게 전투를 걸어오는 기사들을 힘들게 하는 데에 일가견이 있는 최고의 실력자였다.

이후로 박정환 9단과는 1년에 한두 번씩은 대회에서 만나 대결할 일이 있었다. 몇 번을 제외하면 대부분 졌다. 내가 박정환 9단을 처음 이긴 건 2016년이고, 처음 승리를 거두고 난 뒤 몇 차례는 내가 이기기도 했다. 하지만 승리의 기쁨은 잠깐이었고 내가 어느 정도 성장해 중요한 대회 결승에서 만나거나 했을 때는 어김없이 패해 2020년 전까지는 상대 전적에서 완전히 밀렸다.

2018년과 2019년에는 박정환 9단만 만나면 무조건 졌다. 일단 실력이 부족했고, **신예의 패기로 마음을 비우고 임했던 시기를 벗어나 해볼 만한 상대로 박정환 9단을 바라본 것이 오히려 좋지 않은 바둑으로 이어졌던 것 같다.**

박정환 9단은 기다리면서 상대의 무리수를 응징하고 계속해서 득점을 올리는 것에 능하다. 그와의 대결에서는 내가 조금이라도 무리하면 반드시 대가를 치러야 했다. 여기에 불리하거나 실수했을 때 냉정하지 못한 나의 단점이 냉정하고 차분한 그의 바둑 안에서 더 크게 나타나곤 했다.

사람 심리가 참 무섭다. 실력 차이가 있어도 많이 부딪치다

보면 한두 번 정도는 이길 수 있는데, 당시에는 박정환 9단만 만나면 심리적으로 위축이 되니 결정적인 순간에 실수하는 경우가 잦았다. 또 치열하게 공부하는 박정환 9단의 스타일로 미루어 볼 때, 나에게 초기에 몇 번 패한 이후 자신의 실력을 몇 배로 갈고닦으며 나를 분석했을 것이다.

그 결과 나는 박정환 9단에게 무려 10연패를 했다. 언론에서는 나를 두고 바둑 랭킹 1위에 올랐을 뿐 한국 바둑의 진정한 최강자가 되기에는 역부족이라는 평가를 하곤 했다. 틀린 말이 아니니 그저 공부하고 또 공부하는 수밖에 없었다.

터닝포인트는 2020년 2월에 있었던 LG배 결승이었다. 그때의 승리도 온전히 실력에 의한 결과였다기보다는 운이 많이 따랐다. 그럼에도 승리는 승리였고 그것도 세계대회에서의 승리였기에 징크스를 벗어났다는 기쁨이 컸다. 10연패를 중요한 대국에서 끊어냈다는 것도 나에게는 큰 의미였다(이 경기의 자세한 상황과 기보는 194~200쪽 참조).

하면 된다는 단순한 진리가 증명된 순간이었다. 물론 전제를 붙여야 한다. '열심히' 하면 된다.

그렇다고 해서 그와의 대결이 쉬워졌다는 소리는 아니다. 박정환 9단의 단단하고 빈틈없는 바둑은 여전히 부담이다. 국내 기사 중에 박정환 9단은 언제나 껄끄러운 상대이고, 그래서 늘 긴장하며 대결하게 된다. 그렇지만 한때 벽으로 느껴지던 막막함에서 벗어나 그와의 대결에서 내 바둑을 둘 수 있다는 것에 만족한다.

2020년에 열린 남해 슈퍼매치에서 나는 그에게 7연승을 거두었다. 슈퍼매치는 한국 바둑이 세계대회 우승을 가져오는 횟수가 줄어들고 중국에 조금씩 밀리는 인상을 주기 시작할 때 반전의 계기를 마련하고자 한국 바둑계에서 만든 이벤트였다.

우리 둘 다 그런 결과가 나올 거라고는 예측하지 못했다. 남해에서 서울로 올라오니 신진서가 박정환을 넘어섰다는 이야기들이 나왔다. 그런데 바로 다음 대결인 바둑리그와 2022년에 열린 삼성화재배에서는 박정환 9단이 나에게 한 수 가르쳐주며 정신을 바싹 차리게 했다.

이후로 내가 박정환 9단을 압도하는 성적을 내자 혹시라도 박정환 9단이 나를 사석에서도 어려워하거나 껄끄러워하지는 않을까 걱정스럽기도 했다. 하지만 그것은 기우였다. 박정환 9단은 한 번도 그런 내색을 한 적이 없다. 만약 반대 입장이었다면 내 좁은 마음가짐으로는 그러지 못했을 것이다. 그가 후배에게 밀려 1인자 자리를 내준 좌절감으로 바둑을 소홀히 대하는 모습도 보지 못했다. **박정환 9단은 어제와 마찬가지로 오늘도, 내일도 바둑만 보고 정진하는 진정한 프로다.**

박정환 9단과 나는 경기장 밖에서 형, 동생 사이이다. 선후배이
자 동료로 대회가 있을 때 자연스럽게 만나 근황을 주고받고
서로를 격려한다. **박정환 9단은 전형적인 외유내강, 스스로에게
엄격할 뿐 남을 쉽게 들여다보고 조언하는 사람이 아니다. 하지만
필요할 때는 언제든 마음을 열어주는 따뜻한 선배다.**

한번은 출전한 대회에서 충격적인 패배를 하고 의기소침해
있을 때, 본인도 패배해서 마음이 좋지 않았을 때인데도 바닥
까지 가라앉아 있는 나를 불러 "너는 아직 어리니까 기회가 많
다"고 격려해준 사람이 박정환 9단이다. 그런 마음과 위로가
하나하나 쌓여 내가 이제까지 달릴 수 있었음을 믿어 의심치
않는다. 그런 태도를 배워 나도 동료와 후배 들에게 내 마음 한
구석을 기꺼이 내어줄 수 있는 사람이 되기를 바라본다.

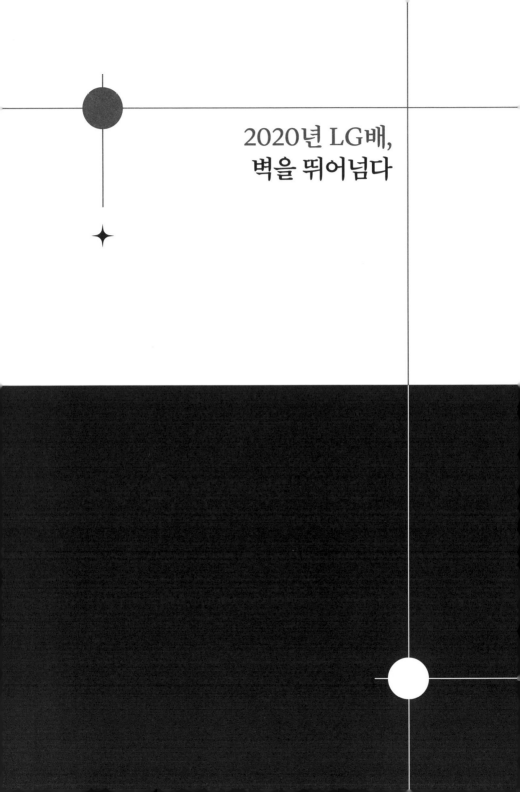

2020년 LG배,
벽을 뛰어넘다

제24회 LG배 조선일보 기왕전 결승 3번기 1국

흑 박정환 9단　　**백** 신진서 9단

□ 2020년 2월 10일
□ 제한 시간 각 3시간, 40초 초읽기 5회, 덤 6집반
□ 대국 결과: 236수 백 불계승

제24회 LG배 결승 3번기는 나와 박정환 9단의 대결로 펼쳐졌다. 4년 만의 형제 대결로 분위기는 고조되었고, 나 역시 메이저 세계대회 첫 우승을 향한 도전으로 결연한 의지를 다졌다.

　박정환 9단과 세계대회 결승에서 맞붙은 건 처음이었다. 당시 랭킹 1위는 나였지만, 박정환 9단과의 상대 전적은 4승 15패로 비세였다. 더욱이 10연패를 당하던 중이었기에 이제는 반드시 징크스를 깨야만 했다. **박정환 9단은 '무결점 바둑'이라 불릴 만큼 모든 면에서 뛰어난 기사였다. 견고하고 높은 산이지만, 정상으로 가기 위해 내가 반드시 넘어야 하는 산이기도 했다.**

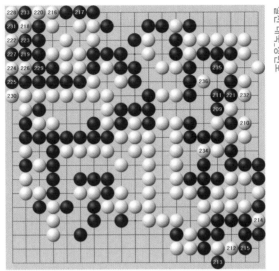

　결승 1국은 내가 줄곧 우세했던 국면이었는데, 중앙 전투에서 크게 실패하며 박정환 9단의 승리가 거의 확정되고 있었다. 나는 지푸라기라도 잡는 심정으로 우변 흑대마를 공격해갔지만 흑은 살기만 하면 이기는 승부였다. 그런데 얼핏 당연해 보이는 실전의 흑211로 늘어간 수가 대역전패를 불러온 큰 실수였다. 그 수로는 참고도1의 흑1로 두는 수가 정수였다. 백이 4로 찌르면 흑5로 가만히 잇는 수가 좋아서 흑대마를 완벽하게 살릴 수 있었다.

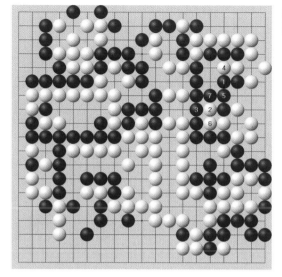

　나는 기회가 찾아왔음을 감지하고 백212·214로 두어 우변 흑대마가 연결되는 패를 해소한 후, 대마를 노리기 위해 백 216·218로 팻감을 만드는 수를 결행했다. 수순 중 흑이 215로 귀를 받은 수도 221의 자리에 두어 흑대마를 살려두었으면 백이 우하귀를 잡더라도 흑이 많이 이기는 바둑이다.

　박정환 9단은 바둑이 너무 유리한 탓에 방심했던 걸까? 나의 유인에 깊이 빠져들고 있었다.

3. 바둑이 나를 키웠다

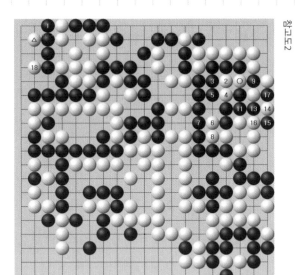

⑩ … ◯, ⑫ … ②

   백이 218로 붙여왔을 때 참고도2의 흑1로 막으면 귀에서는 아무 수도 나지 않지만, 백2와 4가 묘수로 흑대마가 절묘하게 패가 난다. △로 귀를 붙여둔 이유는 팻감 때문인데 백14·16으로 패를 내고 백18로 붙이는 팻감이 좋아 흑이 곤란해진다. 좌상귀 쪽에 팻감 공장이 생겼기 때문이다.

   박정환 9단도 흑대마의 패를 알아차리고 실전 219로 두어 최대한 팻감을 없애려 했지만 백이 222로 두었을 때 흑223으로 찍은 수가 대착각. 백224로 치중하는 수가 묘수로, 귀에서 패가 나서는 우변 대마 팻감을 견딜 수가 없다. 결국 흑233으로 팻감을 받지 못했고 백236으로 흑대마가 전멸하게 됐다. 흑223으로는 참고도3의 1로 먼저 이었으면 아무 수도 없었다. 백2로 두면 흑3으로 뒤에서 수를 메워 수상전이 빠르다. 박정환 9단의 이런 착각은 매우 보기 드문 경우인데, 나로서는 기막힌 행운이었다.

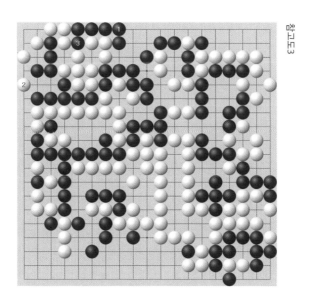

참고도3

바둑판에 파도가 휘몰아치고 대마가 잡히자 박정환 9단이 돌을 거두었다. 한동안 침묵이 흘렀고, 박정환 9단이 복기를 이끌었다. 나는 차마 선배의 얼굴을 똑바로 쳐다볼 수가 없었다. 이런 바둑을 졌을 때 얼마나 허탈하고 참담한지 누구보다 잘 알

3. 바둑이 나를 키웠다

기 때문이다. **비정한 승부의 세계에서 한쪽의 승리는 다른 한쪽의 패배와 닿아 있다.**

이 대국을 승리하며 기나긴 연패의 사슬을 끊어냈다. 그리고 1국에서 대역전승을 거둔 기세를 몰아 이틀 후에 열린 결승 2국에서도 승리를 거두었다. **그토록 염원하던 첫 메이저 세계 타이틀을 획득했다. 가슴이 둥둥둥 뛰었다.**

비슷한 특징을 가지고 있다면,
특별한 전략 없이 더 열심히 하는 것만으로 이길 수 있다.
그것이 내가 커제 9단에 대해 자신감을 가졌던 이유다.

내가 그를 키웠고, 그가 나를 키웠다

중국의 수많은 바둑 고수 중에서 커제 9단의 유명세를 따라잡는 기사는 아직 나오지 않은 것 같다. 중국 현지에서는 커제 9단의 일거수일투족이 기사화될 정도로 큰 인기를 끌고 있는 것으로 안다. 우리나라 사람들 역시 다른 중국 바둑기사는 몰라도 커제의 이름은 한두 번 정도는 들어보지 않았을까.

커제 9단과 바둑으로 처음 승부를 겨뤄본 건 2013년이다. 선배들과 달리 우리 시대에는 인터넷으로 상대를 만나는 일이 흔해서, 커제 9단 역시 인터넷 바둑에서 먼저 만난 사이였다. 커제 9단은 나보다 3살이 많다. 2013년에 나는 10대 초반이었고, 10대에는 한두 살 차이도 크기 때문에 3살 더 많은 그가 나보다 실력이 뛰어난 건 당연했다.

그 당시만 해도 커제 9단은 중국의 양딩신 같은 기사보다 유명세가 떨어졌고 실제로 실력도 엄청나다는 인상은 아니었다. 인터넷 바둑에서도 최종적으로는 3승 7패로 나보다 바둑을 잘 됐지만 나이 차이를 생각하면 그렇게 압도적인 스코어는 아니었다. 그러다 보니 어린 시절에는 커제 9단의 존재 자체를 잘 인지하고 있지 않았다.

커제 9단을 실제로 만난 건 2014년이다. 바로 전 해까지만 해도 그다지 두드러지지 않았던 커제 9단은 불과 1년 만에 세계대회에 도전하는 강자가 되어 있었다. 나와 대국을 마친 중국 기사에게 다가와 이런저런 이야기를 하는 모습이 첫인상이었는데, 큰 대회에서도 전혀 주눅 들지 않고 자유롭고 활기차 보였다.

2014년 대결은 1승 1패로 매듭지었고, 본격적으로 커제 9단과의 인연이 이어진 건 3년 후였다. 첫 만남인 중국 갑조리그에서는 내가 이겼지만 이후 2019년 상반기까지 내리 6경기를 졌다. 그때 커제 9단은 최전성기였고 나는 한창 내 안의 단점과 싸워가며 내 바둑을 만들어가던 시기였다.

그런데 사실 나는 커제 9단에게 밀리던 시기에도 그와의 대결에 대해 큰 고민을 하지는 않았다. 오히려 같은 시기에 벽처럼 느껴지던 박정환 9단을 어떻게 넘는지가 최대 관건이었다. 박정환 9단을 넘을 수 있으면 커제 9단과의 대결에서도 승리할 것 같다는 계산이 있었다.

박정환 9단이 내 바둑과 상극인 지점이 있어 어려웠다면 커제 9단의 바둑은 어떤 면에서는 나와 비슷하다. 커제 9단은 감각이 뛰어나 초반에 빠르게 두면서 상대를 압박하고 시간을 절약해 중반 이후부터 격차를 벌리는 타입이다. **비슷한 특징을 가지고 있다면, 특별한 전략 없이 더 열심히 하는 것만으로 이길 수 있다. 그것이 내가 커제 9단에 대해 자신감을 가졌던 이유다.**

실제로 2020년 LG배에서 박정환 9단에게 승리한 후로 커제 9단에게서도 조금씩 승리를 가져오기 시작했다. 박정환 9단과 LG배에서 맞붙은 게 그해 2월이었고, 13번 대결에서 3번밖에 이기지 못했던 커제 9단과의 격차를 좁히는 출발점이 2020년 12월이었다. 그리고 2021년 겨울부터 지금까지 커제 9단에게 진 적이 없다.

물론 그에게 영원히 이길 수 있다고 생각하지는 않는다. 언젠가는 패하는 날도 오겠지만, 커제 9단과의 승부가 어려웠던 시절은 지나간 게 틀림없다.

내가 박정환 9단을 넘어서던 결정적 순간인 LG배 결승처럼, 커제 9단을 극복하는 대국으로 기억하는 순간은 2021년 2월에 있었던 제22회 농심신라면배이다. 한 번만 제대로 이기면 그를 넘어설 수 있다고 생각하고 있었고, 농심신라면배라는 큰 대회였기 때문에 그 승리부터 커제 9단을 자신감 있게 상대할 수 있게 되었다(이 경기의 자세한 상황과 기보는 208~214쪽 참조).

3. 바둑이 나를 키웠다

커제 9단과는 바둑 외적으로 인터뷰에서 나온 말 등으로 인해 본의 아니게 얽힌 적도 있다. 2017년에 "나에게 있어 커제 9단이 넘지 못할 상대는 아니다"는 뉘앙스로 인터뷰한 적이 있는데 그 말이 그에게 꽤 예민하게 다가갔던 모양이다.

그것이 분했던지 2019년 결승에서 내가 패배에 몰리고도 결승전이기에 쉽게 돌을 던지지 않자 왜 포기하지 않냐며 드러눕는 등의 과장된 제스처로 비꼬거나, 2022년에는 "신진서가 내게 항상 우승을 안겨주니 고맙다"는 식의 조롱을 하기도 했다.

절정은 2023년에 나에게 패한 커제 9단이 내가 경기 중 화장실에 가서 AI를 보고 치팅cheating을 했다는 식으로 발언한 일이었다. 이제는 지난 일이라 담담히 회상할 수 있지만, 그때는 있지도 않은 일로 상대를 모함하는 그의 태도를 이해하기 어려워 이후 이어지는 대국에 영향을 미칠 정도로 화가 났었다.

이런저런 일로 엮여 완전히 건강한 방식이라고는 볼 수 없지만, 결론적으로 **커제 9단과 나는 서로를 성장시키는 촉매 역할을 했다.** 내 발언에 커제 9단의 승부욕이 발동했듯이, 커제 9단이 보낸 도발은 나를 더욱 독하게 공부하게 하는 자극제가 되었다.

하락세라는 평가를 받던 커제 9단이 중국 내에서 다시 힘을 내고 있다는 소식이 들린다. '끝날 때까지 끝난 게 아니다'의 자

세로 바둑 인생 모든 순간에 최선을 다하는 기사를 나는 존경
한다. 승부의 세계에서 오랫동안 함께하기를 바라며, 커제 9단
에게 응원의 말을 건넨다.

제22회 농심신라면배
커제와의 대결

흑 신진서 9단   **백** 커제 9단

□ 2021년 2월 25일, 온라인 대국
□ 제한 시간 각 1시간, 60초 초읽기 1회, 덤 6집반
□ 대국 결과: 185수 흑 불계승

하이라이트

제22회 농심신라면배 본선 13국에서 커제 9단과 맞붙게 됐다. 이 대국 전까지 상대 전적은 4승 10패로 내가 밀리고 있었고, 커제 9단은 가장 까다로운 상대였다. 하지만 나는 커제 9단에게 갚아야 할 빚이 많았다. 당시 4연승 중이어서 기세도 충만했고, 연승이 거듭될수록 자신감도 생겼다. 내 뒤에 든든한 박정환 9단이 기다리고 있어서 부담감이 덜했던 한편, 내 손으로 한국의 우승을 결정짓고 싶은 마음도 있었다. 절호의 기회. 한 번만 제대로 꺾어보자고 다짐했다.

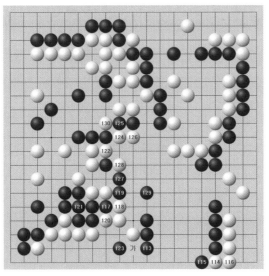

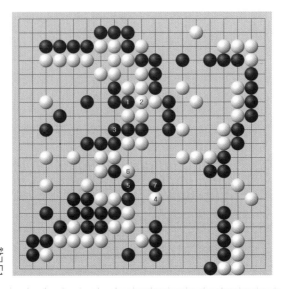

실전 대국 장면도1. 흑이 줄곧 우세한 국면에서 돌연 사나운 태풍이 불었다. 흑113으로 선수 교환을 하려고 했을 때, 백이 당연히 받아야 할 '가'를 외면하고 우하귀를 114·116으로 젖혀 이은 것이 이해하기 힘든 완착. 온라인 대국이라 상대의 표정을 볼 수는 없었지만, 아마 형세를 비관하여 판을 비틀어보자는 의도였던 것 같다. 나는 즉시 흑117·119로 칼을 뽑아 들었고, 흑123으로 하변 백대마는 살기가 어렵게 됐다.

하지만 이 다음 커제 9단의 백124·126이 의외로 만만치 않은 승부수. 나는 여기서 하변을 129로 확실하게 못질했고, 백은 130으로 끊어왔다. 사실 이 장면에서 참고도1처럼 흑1·3으로 안전하게 둘까도 생각을 많이 했었다. 계속해서 백4는 흑5·7로 백이 잘 안 될 것이다. 하지만 이 시점부터 초읽기에 몰려 있었고, 좌변 흑대마는 그냥 죽진 않는다는 확신이 있었다. **삶의 종류는 불문하고 오직 살기만 하면 이기는 승부였다. 떨리긴 하지만 이 편이 오히려 쉽다고 느꼈다.** 나는 승부사적인 감각으로 흑129를 두며 좌변 흑대마의 운명을 승부로 걸어갔다.

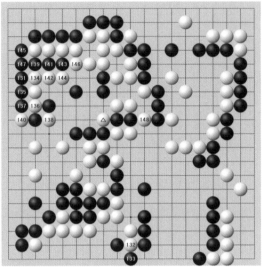

실전 대국_정면도2

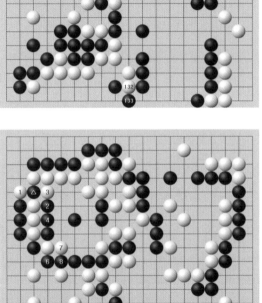

참고도2

⑤ … ●

실전 대국 장면도2. △로 끊어 좌변 흑대마의 사활이 승부가 됐고, 일부라도 살려내지 못하고 다 죽으면 당연히 흑이 진다. 일단 눈에 보이는 가장 확실한 수, 흑131로 파고들었다. 그런데 여기서 커제 9단의 패착이 등장했다. 백136·138로 모양 나쁘게 나가 끊은 것이 그것. 이 부근에서 커제 9단의 승부 호흡이 별로 좋지 않다고 느껴졌다. 순간 흑139로 끼워가는 묘수가 떠올랐고, 흑147까지 알토란같이 넘어가며 우세를 확신했다. 흑이 끼웠을 때, 참고도2의 백1로 끊는 것은 흑2부터 조여 붙인 다음 흑6·8로 두어 간단히 백이 안 된다.

그런데 흑의 처리에도 다소 미흡한 점이 있었다. 실전의 흑143이 좀 안이했던 수. 이 수로는 참고도3(뒷장)의 흑1·3으로 몰아둔 다음 흑5로 두 점을 이어야 했다. 당시에는 백8로 끊어 흑 전체가 공격당하는 것이 두려웠는데, 이것은 흑13까지 백이 억지패를 하는 형태가 된다. 막상 백이 실전 148로 때려내자 형세가 2집 내외로 근접해 있었다.

이후로 마지막까지 아슬아슬했지만, 커제 9단이 반집까지 따라붙을 기회를 놓치면서 결국 흑의 승리가 결정됐다.

3. 바둑이 나를 키웠다

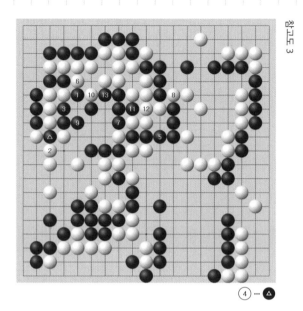

④ … ●

　큰 산으로 느껴졌던 커제 9단을 격파하며 그동안의 빚을 갚
았다. 그리고 5연승을 거두며 한국팀의 우승을 확정지었다. '농
심신라면배의 수호신' 이창호 사범님의 5연승 기록을 16년 만
에 계승하며 상하이 대첩을 재현해냈다. 무척 기뻤다. 이 승리
가 세계대회 우승보다 값진 것 같았다. 농심신라면배에서의 수
훈은 모든 기사들의 로망이기 때문이다.

　**사람들은 나를 향해 '한국 바둑의 새로운 수호신'이 탄생했다며
축하해주었다. 난 이제부터 시작이라고 느꼈다.**

한국 바둑이 힘을 내려면 나만이 아니라
세계대회에서 꾸준히 실력을 내는 여러 기사가 필요하고,
팬들의 관심이 뒷받침되어야 한다.

한국 바둑은 이들이 있어 빛난다

우리나라 스포츠계 특징 중 하나가 어떤 종목에서든 '불세출의 영웅'이 등장한다는 것이다. 보유한 인프라나 인구에 비해 유독 뛰어난 능력을 갖춘 한두 명이 꾸준히 나온다는 말인데, 바둑계도 비슷한 흐름이 있다.

중국 바둑과 비교해 우리나라 바둑은 바둑 인구나 프로기사의 수가 턱없이 부족하지만 조훈현, 이창호, 이세돌로 이어지는 천재 기사들의 선전으로 한국 바둑은 늘 세계무대에서 주눅들지 않고 지내왔다.

스타 플레이어가 나오는 건 좋은 일이다. 하지만 그게 전부여서는 안 된다. 그런 운이 언제까지 따를지는 알 수 없다. **한국 바둑이 힘을 내려면 나만이 아니라 세계대회에서 꾸준히 실력을 내는 여러 기사가 필요하고, 팬들의 관심이 뒷받침되어야 한다.**

그런 의미에서 나와 동시대에 함께 땀 흘리며 동고동락 중인 선후배, 동료 기사 몇 분을 소개하려 한다. 바둑 팬들이라면 익히 아는 이름들이겠지만, 어떤 분들에게는 생소한 이름이 있을지도 모르겠다. 이제부터 애정을 갖고 지켜봐주시면 좋겠다.

첫 번째로 소개하는 기사는 **박정환 9단**. 가장 존경하는 기사에 대한 질문을 받으면 내가 한결같이 꼽는 분이다. 사람들은 이창호, 이세돌 같은 이름을 예상하지만 나의 우선순위는 언제나 박정환 9단이다.

이유는 간단하다. 그는 이제까지 내가 경험한 모든 바둑인 가운데 바둑을 대하는 자세가 가장 훌륭하기 때문이다. 박정환 9단은 한결같이 공부하고 정진하는 사람이다. 그것도 아주 긴 시간 동안.

프로바둑은 전성기가 짧은 분야다. 야구나 축구 같은 구기 종목보다도 더 짧다고 할 수 있다. 물론 나이가 들어서도 선수로서 활동하는 건 얼마든지 가능하지만 최상의 실력을 낼 수 있는 기간은 젊은 시절 잠깐이다.

박정환 9단은 30대에 접어들어서도 기량이 꾸준하고 어려운 상대다. 내가 나이가 들어서도 그럴 수 있을지 생각하면 아직은 자신이 없다. 예전과 같은 수읽기가 되지 않고 마무리에 힘이 빠져 패배가 잦아질 때도 나는 열정적으로 바둑을 둘 수 있을까? 쉽게 대답할 수 없는 질문이다. 그런데 박정환 9단은 그렇게 하고 있다.

박정환 9단이 식사를 하거나 여럿이 대화를 나눌 때 휴대전화를 들여다보고 있다면 어김없이 바둑을 두는 중이다. 그에게 바둑보다 중요한 일은 없다. 차를 마시다가도, 버스를 타고 가다가도 생각이 나면 바둑을 둔다. 박정환 9단이 바라본 하늘에는 바둑판처럼 줄이 그어져 있을지도 모른다.

박정환 9단과 비슷한 이유로 존경하는 기사가 **원성진 9단**이다. 원성진 9단은 2011년에 그 유명한 구리 9단을 꺾고 세계대회를 우승한 기사로 나보다 한참 선배다. 병역특례의 기회를 얻지 못해 바둑기사로서는 한창 전성기에 군대를 가며 바둑 공부를 한동안 하지 못하기도 했다.

그럼에도 그는 활발한 현역 기사로서 자기 바둑을 두고 있다. 2023년에는 나의 바둑리그 36연승을 저지해 아픔을 주기도 한 선배다. 이제는 어느 대회를 나가도 최고령 기사라는 말이 따라붙는 원성진 9단의 행보는 앞으로 내가 가야 할 길을 제시해 주는 것 같아 든든함을 느낀다.

바둑을 향한 열정에 대해서는 **변상일 9단**을 빼놓을 수 없다. 언젠가 대국을 마치고 밖으로 나서는데 변상일 9단이 나에게 던진 질문은 아직도 생각이 난다.

"어떻게 하면 바둑을 잘 둘 수 있어?"

지금은 그 의미가 조금 퇴색되었다고 하나 바둑에서 9단은 입신入神, 신의 경지라 불린다. 9단이 9단에게 바둑 잘 두는 법을 묻는다는 건, 진정으로 바둑을 잘 두고 싶은 마음이 없다면 할 수 없는 질문이다. 변상일 9단에게는 작은 자존심보다 바둑을 잘 두고 싶은 마음이 수십 배 더 컸던 것이다. 바둑 잘 두는 법을 단번에 정리하는 말을 찾을 수도 없었거니와, 그런 질문이 필요 없을 만큼 변상일 9단의 실력이 강했기에 적당한 대답을 해주지 못했다. 그러나 바둑을 잘 두고 싶은 변상일 9단의 진심을 알 수 있었던 순간이었다.

'열심히 한다'라는 말을 열 번, 스무 번 써도 대국을 준비하는 그의 태도를 표현하기에는 부족할 것이다. 내 경우는 AI를 연구할 때 초반 연구는 30~40수 정도만 한다. 왜냐하면 이제는 상대 선수도 똑같은 방식으로 연구하므로 그 이상을 준비하는 건 큰 의미가 없다는 생각에서다.

그런데 변상일 9단이 공부하는 것을 우연히 본 적이 있는데, 그는 초반 연구를 120수까지 이어가며 집중하고 있었다. 하나의 포석을 온전히 자기 것으로 가져가려는 집요함에 등골이 서늘해졌다. 후배 기사들이 모범이 될 만한 선배를 꼽아달라고 한다면, 나는 주저하지 않고 변상일 9단을 따라 하라고 이야기할 것이다.

신민준 9단은 나와 격의 없이 지내는 기사다. 워낙 친하다 보니 여러 번 이겨도 별로 미안함이 없는(?) 유일한 상대이기도 하다. 그와 나는 같은 시기에 프로에 입단했고 비슷하게 주목받으면서 성장했기 때문에, 험난한 승부의 세계를 함께 걸어가는 동반자 같다는 생각을 종종 한다.

신민준 9단은 자기만의 장점이 뚜렷하다. 순간 집중력의 최강자다. 말 그대로 '한 방'이 있는 친구이기 때문에 그와의 승부에서는 유리한 상황에서도 절대 마음을 놓을 수가 없다. 한창 내가 흐름이 좋았던 2022년, 명인전 결승에서 뼈아픈 패배를 당했던 것도 신민준 9단이 가진 남다른 폭발력 때문이었다.

바둑을 대하는 태도도 남달라 재미있다. 평소에는 여유롭고 자기 시간도 많이 보내는 것 같지만 뒤에서 엄청나게 노력하고 성과를 내는 친구다. 마치 놀기도 잘 놀면서 전교 1등을 도맡아 하는 친구 같다. 또 스스로 이기고 싶다는 생각을 강하게 가지면 그만큼 강해지는 놀라운 선수다. 마음의 크기를 키운다면 그는 정말 강한 바둑을 두게 될 것이다.

최정 9단은 오히려 나보다 더 이름이 알려진 바둑기사가 아닐까 싶어 소개하는 것이 다소 민망하지만 빼놓을 수 없는 이름이다. 바둑계에서는 최초의 성 대결로 최정 9단과 나의 대결을 부각해 이래저래 인연이 깊다.

최정 9단은 이미 여자 기사들 사이에는 적수가 없고 단지 세계대회에서 정상급 기사들을 상대로 어떤 성적을 내는지가 숙제로 남아 있을 뿐이다. 번기 승부에서 고전하는 단계를 넘어서면 언제든 세계무대에서 이름을 높일 실력을 갖추고 있다. 앞으로 한국 바둑에서 큰 역할을 할 기사라고 생각한다.

게다가 최정 9단은 개인의 캐릭터가 스타성이 높고 기본적으로 재미있는 분이다. 젊은 팬들 중에 최정 9단의 입담과 톡톡 튀는 매력을 좋아하는 분들이 많은 것으로 알고 있다. 대국할 때 바나나를 맛깔나게 먹는 장면이 화제가 되어 때아닌 바나나 먹방 붐을 일으켰다고 들었다.

이렇듯 굵직굵직한 경력을 가진 국내 기사와 함께 떠오르는 유망주들도 여럿 소개하고 싶지만, 아쉽게도 아직은 이렇다 할 선수가 보이지 않는다. 최고 수준에 도달한다는 건 국내는 물론이고 황금기를 맞이한 중국 바둑을 제압할 만한 기량을 갖춰야 한다는 뜻이다. AI 시대가 도래하면서 완숙한 기량을 갖추기 어려운 시기인 것은 맞다. AI에 대한 충분한 이해와 강하게 도전할 수 있는 전투력, 즉 수읽기 실력을 함께 갖추는 것이 최고 수준에 도전할 수 있는 기본 조건이다.

그런데 지금 자라나는 선수들을 보면 AI 이해도가 뛰어나면 수읽기가 약하고, 수읽기가 두드러지면 AI 공부가 부족하다. **과거의 1인자와 지금의 1인자가 가진 장점을 두루 갖춘 기사가 새로**

운 시대의 왕좌를 차지할 것이기에, 두 가지를 함께 가져가며 기량을 키워나가는 것이 관건이다.

떠오르는 바둑 유망주 중에 가장 주목할 선수는 **김은지 9단**이다. 2007년생으로 무한한 잠재력을 지닌 젊은 기사다. 통합 기전에서는 조금 더 검증이 필요하겠지만 여자 기사 중에서는 이미 최고의 자리를 두고 경쟁할 기력이 충분하다. 김은지 9단과는 두 번 대국해봤다. 짧은 경험이었지만 바둑에 대한 그의 강한 열의와 엄청난 공부량을 느끼기에 충분했다.

김은지 9단은 2023년에 최연소 프로 9단이 되며 기록을 갈아치운 그야말로 바둑 신동이다. 한국 바둑을 사랑하는 많은 분들이 그의 성장을 기대하고 있고, 나 또한 마찬가지다.

3. 바둑이 나를 키웠다

어떤 것을 좋아하는 진심이 있을 때,
국적과 언어의 차이를 뛰어넘는 소통과 교감이 가능함을
나는 한국과 중국을 오가는 바둑 여정에서 배웠다.
바둑이 내게 가르쳐준 소중한 가치 중 하나다.

4

바둑
한판
—
두실래요
?

바둑 강국 중국과의 상생을 꿈꾸며

어떤 것을 좋아하는 진심이 있을 때, 국적과 언어의 차이를 뛰어넘는 소통과 교감이 가능함을 나는 한국과 중국을 오가는 바둑 여정에서 배웠다. 바둑이 내게 가르쳐준 소중한 가치 중 하나다.

최근 중국 내에서 바둑 연구로 이름이 높은 리저 6단이 나를 중국을 위협하는 이웃 나라의 강자이자 배울 점이 많은 최고수로 대우하며 따뜻하면서도 예리하게 분석한 글을 적어 인상 깊게 읽었다.

그와 나는 AI에 대한 관점이 대체로 일치했으며 바둑의 깊이를 탐구하고자 하는 열정 또한 다르지 않았다. 리저 6단이 내가 가진 약점으로 책임감을 지목한 것은, 오히려 무거운 짐을 짊어진 채 오늘을 살아가는 사람에 대한 박수와 애정에 가깝게 느껴졌다. 바둑을 매개로 이런 깊이 있는 소통을 할 수 있음이 감격스럽다.

한국에서 프로기사가 되면 필연적으로 중국과 인연을 맺

게 된다. 중국은 현재 최대의 바둑 강국이다. 중국 바둑 인구는 6,000만 명으로 알려져 있으니 우리나라 인구보다 많다. 이 중 유단자 단증이 있는 사람만 1,500만 명에 달한다고 한다. 1만 명에 한 명꼴로 고수가 나와도 1,500명의 바둑 고수가 있는 나라가 중국이다.

선배들의 이야기를 들어보면 1980년대쯤에는 일본이 바둑의 중심이었고 1990년대부터 2000년대 초반까지는 우리나라가 세계 바둑을 이끌었다고 한다. 그리고 지금 바둑의 메이저리그는 중국 리그다.

2023년 응씨배 결승에서 만난 중국의 셰커 9단과 내 어린 시절의 인연이 인터뷰 기사에 소개된 적이 있다. 충암도장에서 공부하던 시절, 셰커 9단도 충암도장으로 유학을 와서 나와 종종 대국을 한 일이 있어서였다.

사람들이 우리나라가 바둑 강국이어서 중국 유망주가 바둑을 배우러 유학 온 것으로 생각할 수도 있는데 사실은 그렇지 않다. 오히려 셰커 9단은 중국 내에서 바둑 실력이 두드러지지 않았기 때문에 중국 내에서 공부하지 못하고 한국으로 왔다고 보는 게 적절하다. 내가 바둑을 배울 때만 해도 중국 내에 바둑을 잘 두는 친구들은 모두 자국에서 실력을 쌓았다. 실제로 셰커 9단의 당시 실력은 그리 뛰어나지 않아 내 상대가 될 수준이 아니었다. 물론 지금은 절대 무시할 수 없는 중국 내 강자 중 한 명이지만 말이다.

내가 중국행 비행기에 몸을 실은 건 셀 수 없을 정도로 많다. 나를 포함해 우리나라의 실력 있는 기사들 상당수가 중국 바둑 리그의 최상위 리그인 갑조리그에 출전하고 있다. 갑조리그에는 팀마다 외국인 용병을 한 명씩 둘 수 있다. 우리나라 프로기사들이 용병 자격으로 중국 리그를 우리나라 바둑리그와 함께 출전하는 것이다.

바둑기사들에게 중국 리그는 매력적인 곳이다. 소속팀에서 비행기 티켓과 숙식비를 전액 제공하고 승리수당도 상당하다. 우리나라 바둑리그 우승상금과 중국 리그 2~3경기를 이겨 받을 수 있는 상금이 비슷할 정도다. 모두 중국 바둑의 위상이 높고 인기가 큰 덕분이다.

중국 바둑을 떠올리면 거대한 무림 같기도 하다. 현재 세계 바둑의 상위권 랭킹을 100위까지 꼽아보면 대부분 중국 기사가 차지하고 있는데, 이중 최상위권 30명 정도는 모두가 세계 대회에서 우승이 가능한 기력을 갖추고 있다. 더 무서운 점은 이런 기사들이 끊임없이 배출된다는 것이다.

중국의 가장 유명한 기사 중 한 명인 커제 9단이 높은 평가를 받는 것도 이런 정글 같은 중국 바둑 생태계에서 오랫동안 최상위권에 머물고 있기 때문이다. 중국에서 높은 순위를 10년 가까이 유지한다는 것은 정말 힘들다. 우리나라 양궁 국가대표 선발전이 올림픽보다 힘들다는 얘기가 있지 않은가? 중국 바둑 리그에서의 경쟁도 비슷한 느낌이 아닐까 싶다.

워낙 좋은 선수들이 많다 보니 최상위권 중국 기사들과의 대국은 대체로 어렵고 끈적끈적한 인상을 준다. 어떤 측면으로 보면 선수들 간의 개성이나 스타일이 한국에 비해 크지 않고 비슷비슷하다는 느낌도 있다.

강자가 즐비한 중국 바둑계에서도 내가 꼽는 고수는 리쉬안하오 9단이다. 중국에서 만나 나를 여러 차례 고전하게 만든 선수다. 그 이유를 한마디로 정리하기는 힘들지만 대국할 때마다 이전까지 경험하지 못한 어려움을 준다(리쉬안하오 9단의 승부 감각이 돋보인 2023년 몽백합배 16강전 기보는 233~238쪽 참조). 여러 가지 분석에도 나와 있듯 리쉬안하오 역시 AI 시대를 맞아 새로운 바둑을 많이 공부한 것으로 보인다. 그의 바둑이 가진 힘의 비결도 아마 AI 공부에 있을 것이다.

상황이 이렇다 보니 우리나라 선수가 특별한 기량을 갖추지 않고서는 중국의 벽에 막혀 세계대회에서 우승을 차지하기가 점점 어려워지고 있다. 반전이 있지 않은 이상 이런 흐름은 한동안 계속될 것이다.

나는 어려서부터 대회 일정으로 중국을 워낙 자주 방문해서 많이 익숙해졌음에도, 결국은 타국이기에 마냥 편안하기보다는 우리나라보다 훨씬 더 뜨거운 바둑 열기와 마르지 않는 선수 자원이 부럽게 느껴진다.

중국에서 세계대회가 열리면 자연스럽게 팬 사인회가 열리기도 한다. 수많은 팬이 선수들을 만나기 위해 몰려든다. 팬들의 연령대가 다양한데 우리나라와 달리 젊은 바둑 팬들의 수도 상당한 편이다. 팬들의 열기가 있어서인지 중국 기사들도 팬들과 소통하는 데 열심이다. 중국의 대표 SNS인 '웨이보'나 중국판 유튜브인 '빌리빌리'에서는 중국 기사들이 직접 라이브 경기를 연출하는 등 다양한 방식으로 노력하는 모습을 쉽게 발견할 수 있다.

팬 문화는 성숙하다. 자국 선수만 편애하는 편협함이 보이지 않는다. 나를 비롯해 한국 선수들도 좋은 경기력을 보이면 얼마든지 다가오는 게 중국 팬들이다. 중국 팬들의 열정과 진심은 실로 대단해서 중국 팬들에게서 내 얼굴을 본떠 만든 열쇠고리나 내 사진만 모아놓은 앨범을 선물받기도 했다. 그 정성과 사랑에 감사할 따름이다.

커제 9단과 언쟁을 벌여 한창 여론이 달아올랐을 때조차도 나를 일방적으로 비난하는 중국 팬은 10명 중 1명 정도에 불과

했다. '한큐바둑'이라는 사이트를 통해 중국 팬들이 나에게 메시지를 보낼 수 있는데, 간혹 번역까지 해서 성심성의껏 나를 비난하는 팬도 있었지만, 대부분은 나를 지지하고 응원해주었고 일부의 행동에 너무 신경 쓰지 말라고 격려를 보내주었다. 자국 기사와 불편한 관계에 놓였음에도 나를 존중해주는 중국 팬들이 훨씬 더 많았던 것이다. 이런 모습을 보며 중국 팬들은 국적의 경계를 뛰어넘어 진정으로 바둑을 사랑한다는 것을 알 수 있었다.

중국 바둑도 문제가 전혀 없진 않겠으나 우리나라의 상황과 비교해보면 여러 가지 생각이 든다. **중국만큼 우리 바둑이 인기가 없으니 바둑리그도 그만한 수준에 도달하지 못할 거라 단정하면 아무것도 달라질 게 없다. 리그의 발전을 위해 할 수 있는 시도를 충분히 해보면서 바둑 인기가 살아나길 바라는 것이 올바른 방향 아닐까.**

우리 바둑이 건강한 방식으로 발전해 중국 바둑과 정정당당히 맞붙으며 세계 바둑의 중심으로 나아갈 수 있기를 진심으로 바란다.

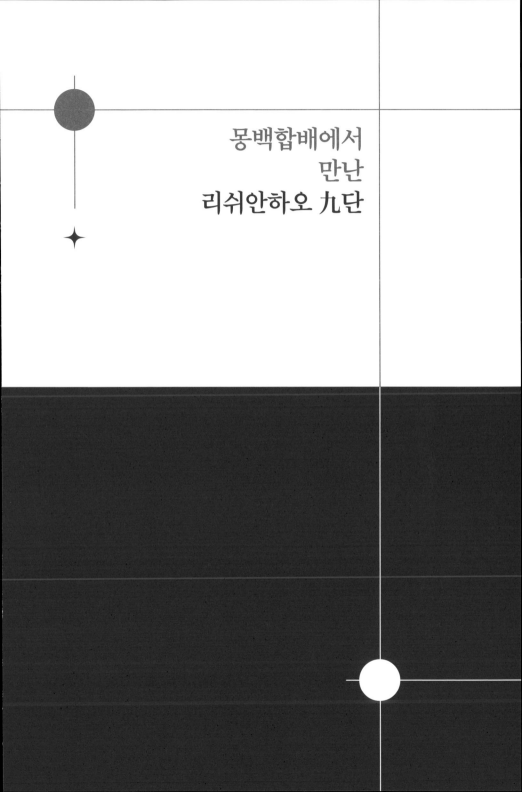

몽백합배에서
만난
리쉬안하오 九단

제5회 몽백합배 세계바둑오픈전 본선 16강

 흑 신진서 9단 　　**백** 리쉬안하오 9단

□ 2023년 8월 6일, 중국 허난성 정저우
□ 제한 시간 각 2시간, 1분 초읽기 5회, 덤 7집반
□ 대국 결과: 236수 백 불계승

─────────── **하이라이트** ───────────

2023년, 제5회 몽백합배 16강전에서 리쉬안하오 9단과 맞붙었다. 세계대회 상대 전적은 2승 1패로 한발 앞서 있었지만, 2022년 제14회 춘란배 4강에서 뼈아픈 패배를 당했었기에 난적을 만났다고 생각했다. 리쉬안하오 9단의 강점은 날카로운 수읽기와 뛰어난 감각이다.

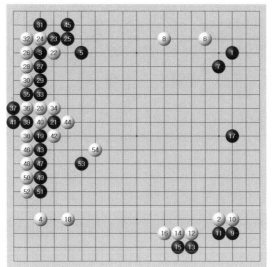

　　장면도1. 흑1~백54까지 초반은 매우 빠르게 진행됐다. 이 포
석은 내가 AI를 통해 연구를 많이 했던 포석이고, 심지어 대국
전날에도 준비를 했었기에 가장 자신 있는 포석이었다. 그런데
리쉬안하오 9단도 다 알고 있다는 듯이 손이 엄청 빠르게 나왔
다. 우리는 1~54까지 거의 멈추지 않고 빨리 두었고, 전부 '블루
스폿'의 자리였다. 리쉬안하오 9단도 AI 시대를 맞아 새로운 바
둑을 많이 공부한 기사로 알려져 있는데, 역시 그의 공부량을
짐작할 수 있었다.

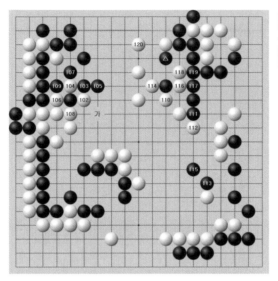

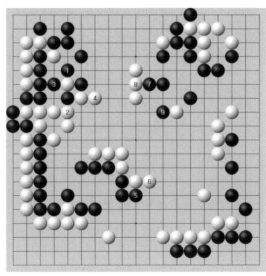

참고도

장면도2. 이전까진 형세가 괜찮다고 봤었는데, 백이 102로 중앙을 붙여온 수가 중앙 백집을 깔끔하게 만드는 날카로운 맥점이었다. 내가 미처 예상하지 못했던 수. 그 수가 놓이자 매우 당황스러웠다. 그 부근은 백 '가' 정도로 두어서 집이 날 거라고 생각했었는데, 실전의 붙임수로 백의 중앙집이 훨씬 크게 형성되기 때문이다. 내가 보지 못한 묘수, 그것만이 유일한 두려움이었는데…. 시간을 거슬러 상변을 ▲의 호구로 지킨 수가 너무 안일했었나, 하는 후회가 밀려왔다. 하지만 이제 와 후회해도 소용없다.

흑103으로 젖히자 여이은 백104의 끊는 수가 준비된 맥점. 나는 장고를 거듭한 끝에 흑105로 늘었는데, 이 수로는 참고도 1처럼 그냥 백 한 점을 잡는 것이 정수였다. 그리고 선수를 잡아 흑5로 꼬부려놓고 흑9로 붙여나와 중앙 백 모양을 삭감해야 했다. 실전은 백이 선수를 잡아 백110으로 중앙을 막아선 백의 확실한 우세.

나는 승부수를 띄우기 위해 흑113으로 붙여갔는데, 여기서도 백이 냉정하게 손을 빼고 114로 양호구한 수가 좋았다. 흑115로 중앙 집을 깰 때, 백118·120의 정확한 응수로 흑이 곤란해졌다. 리쉬안하오 9단의 날카로운 수읽기와 승부 감각이 돋보이는 자리다.

이후로도 여러 번 승부수를 던지며 변화를 구했지만, 그때마다 리쉬안하오 9단이 안전하고 정확하게 대응하며 결국 역전에는 실패했다. 이 바둑은 리쉬안하오 9단의 강점과 진면목이 잘 드러난 한판이다.

나는 사람들이 바둑의 존재를 알고,
자신의 취미 중 하나로 쉽게 선택할 수 있는 옵션이 되길 바란다.
그래서 취향에 맞으면 바둑을 즐기며 바둑을 통해 즐거움을 느끼고
세상의 이치를 배워나가는 데에 조금이라도
도움을 받았으면 하는 마음이다.

오늘부터 바둑 한판?

스포츠계에 이런 속설이 있다고 들었다. 현역 시절에 최고 수준의 실력을 뽐내던 선수들이 정작 감독이나 코치로는 형편없는 성과를 내는 경우가 있다고 말이다. 이유는 뻔하다. **내게는 너무 당연한 것이 누군가에게는 당연하지 않음을 깨닫기 어려운 것이 인간이기 때문이다.**

바둑에 관해 이야기를 꺼내려고 마음먹어보니, 나 역시 그런 함정에 빠지는 건 아닐지 걱정이 들기도 한다. 나는 어려서부터 자연스럽게 바둑을 좋아했고 평생 바둑 외의 길은 상상해본 적이 없는 사람이다. 나에게 바둑과 함께하는 삶은 너무나 당연했기에, 거꾸로 바둑을 좋아하지 않는 사람의 마음을 헤아리기 어렵다. 활발한 성격에 집 바깥에서의 활동을 좋아하는 사람이라면 바둑이 취향에 맞지 않겠구나 하고 막연히 추측할 뿐이다. 또 승부나 게임 자체를 즐기지 않거나 복잡한 문제를 풀어나가는 것에 재미를 느끼지 않는 사람에게도 바둑은 지루할 수도 있다.

나는 바둑을 많은 사람들이 즐기기를 원한다. 그렇다고 전 국민이 바둑 매니아가 되길 원하지는 않는다. 그건 가능한 일도 아니다. **단지 사람들이 바둑의 존재를 알고, 자신의 취미 중 하나로 쉽게 선택할 수 있는 옵션이 되길 바랄 뿐이다. 그래서 취향에 맞으면 바둑을 즐기며 바둑을 통해 즐거움을 느끼고 세상의 이치를 배워나가는 데에 조금이라도 도움을 받았으면 하는 마음이다.**

바둑은 오랜 세월 동안 수많은 사람에게 사랑받은 게임이고 동아시아에서의 인지도는 압도적이다. 경제적 잠재력도 충분하다고 본다. 내가 구쯔하오 9단에게 승리를 거두며 마무리된 제25회 농심신라면배의 경우 국내 60억 원, 중국에서 100억 원, 전 세계적으로 200억 원의 경제효과가 있었다는 분석이 나오기도 했다.

나는 바둑이 언제든 예전처럼 많은 사람이 다양한 장소에서 즐기는 게임이 될 수 있을 거라는 기대가 있다. 한때 전자게임에 자리를 내준 것으로 보였던 보드게임이 젊은 세대들에게 다시 인기를 끌기 시작한 것은 그것만이 가지고 있는 매력 때문이다. 바둑을 보드게임이라고 하면 의아해하는 사람도 있을 텐데, 바둑이야말로 인류가 만든 가장 고전적인 보드게임이 아닌가.

바둑은 유치하거나 가볍지 않다는 게 장점이다. 컴퓨터나 핸드폰으로 하는 게임은 가끔 주위의 눈치를 봐야 할 때도 있지만, 바둑은 고급 취미의 느낌이 있다. 그리고 질리지 않고 오래오래 즐길 수 있다. **무궁무진한 수를 빚어내는 바둑은 엔딩이 없는 게임이나 마찬가지다.** 게다가 바둑은 정말 저렴하다! 바둑을 즐기는 데는 돈이 들지 않는다. 인터넷 바둑을 둔다면 바둑판조차 필요 없다.

조금 더 바둑에 몰입하다 보면 무아지경의 시간을 경험할지도 모른다. 나무꾼이 신선들의 바둑 구경을 하다가 수백 년을 보냈다는 '신선놀음에 도낏자루 썩는 줄 모른다'는 속담이 괜히 나온 소리가 아니다. 어떤 것에 집중하는 재미, 몰입함으로써 느낄 수 있는 즐거움은 바둑에서 쉽게 찾을 수 있다.

몇몇 과학 연구에서 바둑이 두뇌 발달에 끼치는 긍정적인 영향에 대해 분석한 것으로 알고 있다. 어린 자녀를 둔 사람들이라면 관심 가질 만한 이야기이지만 나는 바둑을 두면 머리가 좋아진다거나 마음이 차분해진다거나 하는 기능적인 요소를 강조하고 싶지는 않다.

바둑학원을 다닌 경험을 돌아보면 바둑을 공부하는 친구들이 대체로 차분했던 건 사실이다. 그런데 원래 차분한 아이들이 와서 그런 건지, 산만하던 친구가 바둑을 배워서 차분해진 건지는 분명하지 않다. 그래서인지 유명한 농담 중에 바둑학원에는 산만한 친구들이 오고 웅변학원에는 얌전한 친구들이 와서 바둑학원은 시끄럽고 웅변학원은 조용하다는 이야기가 있다. 그런 효과를 기대하기보다는 단지 바둑 자체를 즐기는 것으로 바둑을 만났으면 한다.

취미를 선택하면서 지능이나 인성 발달을 따지는 사람은 많지 않다. 취미는 재미있고 즐거우니까 하는 것이다. 친구를 사귀기 위해 하기도 한다. 바둑을 많은 사람이 즐기기 위해서는 바둑이 재미있고 시간을 보내기에 부담 없고 좋은 활동이라는 게 널리 알려져야 한다.

내가 후일 가족을 이뤄 자녀를 갖게 된다면 바둑을 가르치고 싶은 것도 이 때문이다. 머리를 환기하는 취미로 삼기에 바둑은 부족함이 없다. 혹시 프로기사가 되겠다고 하면 전혀 다른 이야기가 되겠지만 말이다. 지금 마음으로는 내 자녀는 그저 바둑을 즐겼으면 하고, 정말 특출난 재능이 있지 않다면 굳이 프로기사의 길을 권유하고 싶지는 않다.

바둑은 어려울까? 잘 두려면 당연히 어렵다. 그냥 둔다면? 너무나 쉬운 게 바둑이다. 단순한 규칙만 알아도 당장 시작할 수 있다. '집이 많은 사람이 이긴다'는 대전제 하나만 이해한다면 마치 축구나 야구 경기를 보듯이 누구나 즐길 수 있다.

아버지가 운영했던 기원은 바둑을 배우는 장소이면서 동네 어르신들의 사랑방이기도 했다. 바둑을 신나게 두고 막걸리 한 잔하러 가는 것이 동네의 '국룰'이던 시절도 있었다.

지금은 대부분 온라인 바둑을 두지만, 기원 같은 곳에서 만나 바둑을 둘 때의 묘미가 있다. 한 수 한 수에 변하는 사람들의 표정을 살피는 것, 훈수를 참으려고 실룩거리는 입들을 지켜보는 일은 동네 바둑만이 갖는 재미다. **바둑이 하나의 문화가 되면 기원과 비슷한 공간들이 생겨 사람들이 바둑을 통해 친구가 되는 일도 얼마든지 가능하지 않을까 싶다.**

팬들과 한 번쯤 나눠보고 싶은 대화도 이거다. "당신은 바둑을 왜 두나요? 바둑이 당신에게 주는 기쁨은 무엇인가요?" 그런 생각들을 돌아보고 각자의 방식으로 충분히 표현해 주위 사람들과 바둑의 재미를 나눴으면 좋겠다.

바둑을 시작한다면 어디서부터 출발하는 게 좋을까?

무엇보다 나는 쉽게 시작했으면 한다. 프로기사들과 똑같이 19줄 바둑으로 바둑을 배울 필요가 없다. 19줄 바둑을 다 채우는 승부는 초심자에게 버겁고 너무 복잡하다. **작은 바둑판에서 짧은 시간에 승부를 보면서 조금씩 재미를 느껴가면 충분하다.** 13줄, 더 작게는 9줄 바둑까지 초심자를 위한 다양한 옵션이 있다. 한국기원을 비롯해 여러 바둑 관련 기관에서 이미 쉽게 바둑을 즐길 수 있는 9줄 키트나 보드게임, 교재를 제작해 배급 중인 것으로 알고 있다.

바둑 인기가 많은 중국에서는 인터넷 바둑에 좀 더 게임성을 부여하는 다양한 시도를 하고 있고, 바둑 관련 애플리케이션도 많다. 프로그램의 도움을 받아 바둑을 배우고 찬스를 사용하며 대결할 수도 있다. **바둑의 근본이 게임이고 대결이라는 점에서 출발하면 바둑을 재미있게 풀어내 적용하는 방법은 무궁무진하다고 생각한다.**

가끔 내가 활약하는 모습을 보고 본인이나 본인 자녀가 바둑을 시작했다는 이야기를 듣기도 한다. 그럴 때마다 정말 뿌듯하다. **바둑기사로 활동하면서 바둑의 재미를 알릴 기회가 있다면, 내 능력과 시간이 허락하는 한에서 최선을 다하고 싶다.**

이창호 사범님이 그러했듯 나 또한 언젠가 후배 기사들에게
좋은 경험을 줄 수 있다면 언제든지 대국장에 나설 생각이다.
승패에 연연하기보다 후배가 마음껏 기량을 펼칠 기회를 만들어주는
대범함까지 발휘할 수 있을지는 모르겠지만.

더 많은 사람들과 함께하기 위하여

바둑 공부를 거듭하면 피로감이 극에 달하기도 한다. 그럴 때면 머리를 식히기 위해 나도 또래 친구들처럼 유튜브 알고리즘에 몸을 맡기고 아무 생각 없이 영상을 보곤 한다. 유일한 취미라고 할 수 있는 게 유튜브 감상이다.

얼마 전 유튜브에서 세계적인 복싱 선수였던 마이크 타이슨이 10살 남짓한 어린 소녀와 스파링을 하는 이벤트 영상을 봤다. 처음에 타이슨이 자신의 상대라는 사실에 놀랐던 꼬마 유망주는 이내 타이슨에게 신나게 펀치를 날린 후 판정승을 거두고 기쁨을 감추지 못했다.

나도 비슷한 경험이 있다. 이제 막 프로기사의 길에 들어선 13살 때 이창호 사범님과 대국하는 기회가 주어진 것이다. 바둑을 통한 지역 진흥에 관심이 많았던 경상남도 합천군에서 개최한 이벤트 덕분이었다. 신예기사로 나와 비슷한 시기에 주목받던 변상일, 신민준 기사도 같이 참여했다.

바둑계 최고의 선배인 이창호, 이세돌, 최철한 9단 같은 사범님들과 공식적으로 대결하는 것은 더없이 설레는 일이었다. 그 당시 나는 이창호 사범님과의 대국을 앞두고 너무 긴장한 나머지 장염에 걸릴 정도였다.

재미있는 사실은 13살 때의 내 바둑은 천방지축 그 자체였음에도 이창호 사범님과의 그날 대국에서는 전례 없는 차분함과 성숙함을 갖춘 바둑을 두었다는 것이다. **장염에 걸려 아픈 몸, 그리고 대선배와의 대결에서 경솔한 모습을 보이면 안 된다는 극도의 긴장이 오히려 좋은 바둑을 둘 수 있게 도왔다니 웃어야 할지 울어야 할지.**

그날의 대결은 놀랍게도 나의 승리였다(이 대국의 기보는 257~261쪽 참조). 훗날 승부를 복기하며 AI의 도움을 받아 분석해보니 대국은 중반까지 전반적으로 내가 불리한 형국이었고, 이창호 사범님 실력이면 무난히 끝내기를 해서 마무리할 수 있는 상황이었다. 그런데 사범님이 중반을 넘어가며 본인답지 않게 변수가 많은 바둑을 두며 전투가 잦고 맞부딪치는 바둑으로 나를 이끌었다. 그러다가 치고받는 와중에 얼떨결에 승리를 할 수 있었다.

이창호 사범님이 그러했듯 나 또한 언젠가 후배 기사들에게 좋은 경험을 줄 수 있다면 언제든지 대국장에 나설 생각이다. 승패에

연연하기보다 후배가 마음껏 기량을 펼칠 기회를 만들어주는 대범함까지 발휘할 수 있을지는 모르겠지만.

한국 바둑계가 예전 같지 않다는 말이 끊임없이 들려온다. 최정상급 기사 소수를 제외하면 수많은 기사가 바둑만으로 생계를 꾸려가기 어려운 실정이다. 나는 막대한 상금을 받는 프로기사지만, 보상이 충분하지 않다는 생각이 들 때도 있다. 액수가 나 개인에게 부족해서가 아니다. 세계 최고의 선수가 받는 상금이 이 정도라면 그 아래, 또 그 아래에 있는 선수들의 상금은 부족할 수밖에 없다.

상황이 여의찮은데 무조건 모두에게 대우를 해줘야 한다는 의미는 아니다. 재능이 있고 열심히 하는 기사들에게는 어느 정도의 보상이 필요하다. 큰 대회는 본선에 올라가는 것조차 대단한 노력이 요구될 때가 많다. 그렇다면 우승권까지 가지 못하더라도 본선에 올라간 것에 대한 대가가 있어야 하지 않겠는가. 지금은 그 하한선이 너무 빡빡하게 매겨져 있다 보니, 최선을 다했음에도 적절한 보상을 받지 못하는 안타까운 일이 벌어진다.

바둑계가 훈풍을 맞이하기 위해서는 다양한 시도가 필요하다고 생각한다. 바둑기사들이 열심히 공부하고 좋은 성적을 내는 건 기본이다. 그것을 바탕으로 사람들이 바둑에 호기심을 갖게 하고, 바둑 유망주들에게 잊지 못할 경험을 선물하는 시도들이 계속되어야 한다고 본다.

바둑은 일대일 승부가 기본이지만 때에 따라서 꼭 그 방식을 고집할 이유는 없다. 예를 들어 '페어pair바둑'은 두 명 이상의 사람이 팀을 이뤄 번갈아가며 한 판의 바둑을 두는 색다른 방식이다. 개인 간의 승부처럼 진국의 대결이 벌어지지는 못하겠지만 팀의 조화나 팀원 간의 실력차에 따라 의외의 수가 속출하는 것을 보는 것은 또 다른 재미 요소다.

바둑기사들이 팬들과 하는 이벤트 중 하나가 '다면기多面棋'이다. 다면기는 한 명이 여러 명을 상대하는 바둑 대결을 말한다. 일반적으로 바둑은 일대일 승부지만 실력 차이가 크게 난다면 한 명이 여러 명을 상대하는 것도 가능하다. 다른 스포츠라면 아무리 훌륭한 선수라도 동시에 여러 명을 상대해 승부를 벌이는 건 어려운데 바둑이기에 가능한 재미있는 이벤트가 아닌가 싶다.

나 또한 기업이나 지차체의 초대를 받아 다면기 방식으로 팬들과 대국한 경험이 있다. 일종의 팬서비스다. 나와 상대할 사람들이 적게는 두 명에서 많게는 대여섯 명까지 앉아 있으면 내가 자리를 이동해가며 동시에 그들을 상대한다. 나와 대결한다는 사실만으로도 기쁨을 감추지 못하는 팬들의 모습을 볼 수 있다면 기꺼이 승부에 나설 수 있다. 물론 봐드리지는 않는다.

성심성의껏 대결해 한 수 가르쳐드리는 게 예의니까 말이다.

이외에도 바둑 페스티벌이나 바둑 토크쇼, 사인회 등에 참석하며 팬들과 만났던 기억이 있는데 모두 뜻깊은 경험이었다. 바둑은 한정된 실내 공간에서 대국이 이루어져 팬들과 직접적으로 소통할 기회가 많지 않다. 바둑을 좋아하는 사람들의 모습을 가까이서 접하는 기회는 언제나 소중하다.

바둑계를 흔들었던 빅이벤트로 지금도 2014년에 있었던 이세돌 9단과 중국 기사 구리 9단의 10번기를 떠올리는 분들이 많다. 10번기는 두 명의 기사가 6선승제의 규칙으로 10번의 대결을 연달아 하는 것이다. 그야말로 두 기사의 자존심을 건 필사의 승부다.

이것이 얼마나 대단한 사건이었는지는 나도 나중에야 자세히 알게 되었다. 일단 10번기라는 것 자체가 59년 만에 있었던 일이었다. 이런 역사적인 이벤트가 당대 양국의 바둑 1인자였던 이세돌 9단과 구리 9단의 진검 대결로 펼쳐졌으니 그 화제성은 대단할 수밖에 없었다.

한국기원에서 근무하시는 분들의 이야기를 들어보면 이러한 빅이벤트가 만들어내는 파생 효과는 어마어마하다. 이세돌 9단과 알파고의 대결 때는 유튜브를 비롯해 거의 모든 방송 채널에서 구글 딥마인드 챌린지 매치가 등장했고, 바둑 전문가나

해설가로 일하는 사람들은 일제히 방송국으로 소환되어 중계와 해설을 했다. 모든 언론에서 관련 소식을 주요 뉴스로 다뤘고 우리나라뿐 아니라 외신에서도 연일 화제였다. 하나의 이벤트로 그야말로 '바둑의 봄'이 찾아왔던 것이다.

필요하다면 방송 출연도 마다할 이유가 없다고 본다. 이세돌 9단 이후 바둑기사들이 방송 프로그램에 나가는 일이 별로 없는 것 같다. 내가 2020년에 tvN 예능 프로그램 〈유 퀴즈 온 더 블록〉에 출연했던 건 즐거운 추억이다. 최정 9단이 유재석 씨의 팬이라며 따라가고 싶다고 해서 함께 출연했다. 4시간 내내 이야기한 나보다 짧게 몇 마디 던진 최정 9단의 멘트가 더 재미있어서 예능감도 9단이라는 생각을 했다. 무슨 얘기를 했는지도 모르게 시간이 흘러갔는데 너무 긴장해서 조세호 씨와 사진을 못 찍은 게 아쉽다.

바둑과 관련한 콘텐츠를 지속해서 만들어내는 것도 하나의 방법이다. 살펴보면 최근까지도 바둑과 관련한 영화나 드라마는 은근히 있었다. 내가 알고 있는 것만 해도 어린 시절 즐겨 봤던 〈고스트 바둑왕〉부터 드라마 〈미생〉, 〈응답하라 1988〉, 영화 〈스톤〉, 〈신의 한 수〉 같은 작품들이 있다. 최근 대단한 인기를 끌었던 드라마 〈더 글로리〉에도 바둑과 관련한 내용이 나온다. 웹툰도 꾸준히 나오는 것으로 알고 있다.

〈고스트 바둑왕〉은 2000년대 초반 일본에서 만든 애니메이션이다. 주인공이 바둑 고수들을 갖가지 방식으로 제압해나가는 게 큰 줄거리이다. 어른들 말씀에 따르면 TV를 잘 보지 않던 내가 유일하게 챙겨 보던 만화가 〈고스트 바둑왕〉이었다고 한다. 만화에 나온 주인공 신재하(일본 원작에서는 히카루)와 같은 세계 바둑왕이 되겠다고 큰소리를 쳤다는데, 기억은 잘 나지 않는다.

바둑은 수많은 사람이 알고 있고 바둑에서 파생된 여러 명언과 고사성어 들이 우리 일상에서도 많이 쓰인다. 여기에 이창호 9단, 이세돌 9단 같은 널리 알려진 유명 인사까지 있으니 이러한 작품들이 꾸준히 나오는 게 아닌가 싶다. 개인적인 생각으로는 이창호 9단을 모델로 한 작품은 여럿 나왔으니 이세돌 9단을 모델로 한 작품도 나올 때가 되지 않았나 싶다. 알파고와 이세돌 9단의 대결만 하더라도 영화 한 편을 만들기에 충분하지 않을까?

이런 생각을 하면 **나 역시 선배 사범님들처럼 사람들의 마음을 뜨겁게 하는 에피소드나 나만이 가진 캐릭터를 잘 살린 영화나 드라마, 웹툰에 쓰일 만한 팻감이 되면 좋겠다 싶기도 하다.**

그리고 미디어에서는 바둑기사라고 하면 이창호 9단으로 대표되는 점잖고 차분한 캐릭터로 등장하곤 했는데, 요즘 세대

기사들을 살펴보면 꼭 그런 것만은 아니다. 바둑기사마다 가진 개성을 담아내는 작품이 나온다면 그 나름대로 재미가 있겠다는 상상을 해본다.

　무엇이 되었든 바둑을 소재로 한 여러 이야기가 나와 바둑을 좀 더 친근하게 만들어주었으면 하는 바람이다.

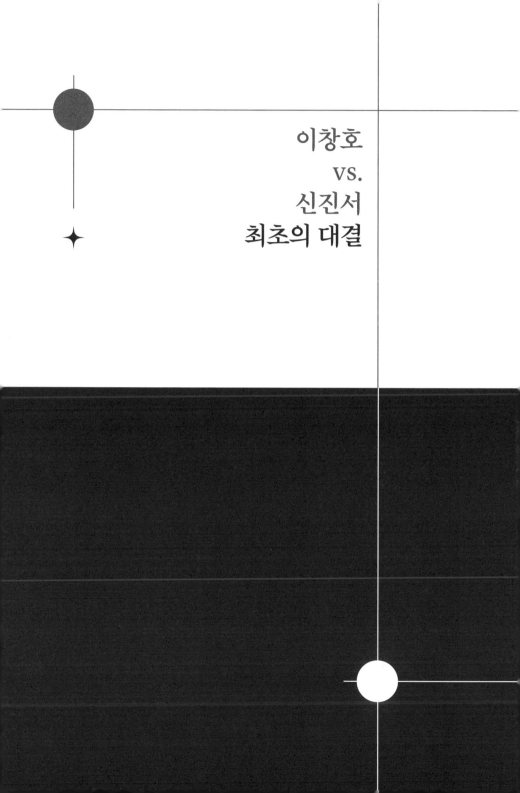

이창호
vs.
신진서
최초의 대결

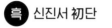

합천군 초청 2013 새로운 물결, 영재 정상 바둑 대결

(흑) 신진서 初단   (백) 이창호 九단

□ 2013년 1월 11일
□ 제한 시간 각 1시간, 60초 초읽기 1회, 덤 6집반
□ 대국 결과: 179수 흑 불계승

<하이라이트>

2013년에 합천군 초청 이벤트로 이창호 9단과 첫 대결을 펼칠 기회를 얻었다. 이창호 9단은 바둑계의 전설(통산 140회 타이틀 획득)이자 나의 우상이었기에 사범님과 대국을 할 수 있는 것만으로도 무척 영광스러웠다. 당시 나는 13살, 프로에 들어온 지 1년밖에 안 된 그야말로 풋내기였다. 평소 존경하던 대기사와 바둑판 앞에 마주 앉자 많이 떨리고 긴장도 됐지만, 이런 기회는 흔치 않기 때문에 최대한 열심히 두어 많이 배우고 싶었다.

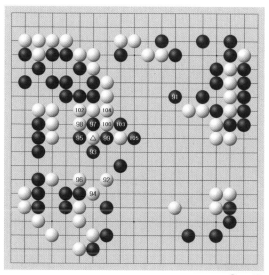

101 ⋯ △

실전 대국 장면도. 흑이 중앙을 91로 뛴 시점에서 바둑은 백
의 중앙 두터움이 돋보이는 국면이었다. AI의 도움을 받아 분
석해보면, 백은 참고도(뒷장)의 '가'로 두어 ▲의 차단을 노리며
중앙 집을 키워가거나, '나'의 마늘모로 두어 하변 쪽 흑집을
깨면 무난하게 백이 좋은 형세. 더욱이 두터움을 집으로 만드
는 능력은 이창호 사범님이 최고로 강하기 때문에 그걸 몰랐을
리 없지만, 실전에서는 백92로 가르면서 판을 어지럽게 만들었
다. 그 수를 보자 '나를 테스트해보시려는 건가?' 하는 생각도
들었다.

나는 싸울 기회가 오자 흥분되었다. 흑93으로 붙여가며 강수를 두었고, 백94·96에도 흑95·97로 강하게 대응해갔다. 실전은 흑105까지 백 한 점을 잡아 흑은 두터워지고, 반대로 백은 중앙의 두터움이 사라져 판의 흐름이 바뀌었다.

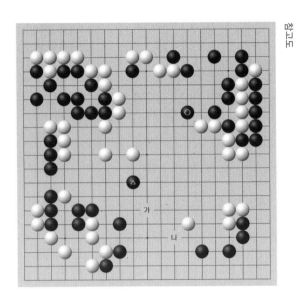

참고도

이후로 중앙의 흑돌을 백이 공격하며 잡으러 왔지만, 의외로 탄력이 많은 돌이어서 타개할 수 있었다. 더욱이 대마가 타개되는 과정에서 중앙 백집도 많이 깨지게 되어 결국 흑이 승리를 거두게 됐다.

지금 생각해보면, **이창호 사범님 입장에서는 이렇게 어렵게 둘**

**이유가 전혀 없는 형세였는데 아마도 내가 실력을 발휘할 수 있는
기회를 주기 위해 무난한 진행을 피한 게 아닐까 싶다.**

물론 사범님이 햇병아리였던 나를 상대로 전력을 다하셨을
리는 없었다. 그럼에도 불구하고 전설의 이창호 9단을 꺾은 것
은 어린 나에게 큰 기쁨이었고, 자신감을 불어넣어준 소중한
한판이었다.

이창호 九단 vs. 신진서 初단 대국 장면

4. 바둑 한판 두실래요?

바둑기사로 살아가며 갖는 바람 중 하나는
내 커리어가 어느 정도 정리되었을 때
내가 걸어온 길이 누군가에게 자극이,
누군가에게는 위로가 되었으면 하는 것이다.

5

나침반이
—
되고
싶다

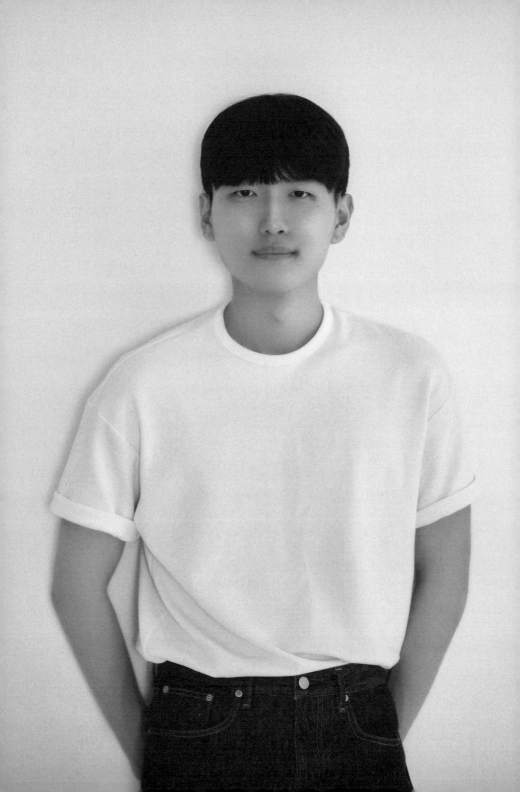

나침반이 되고 싶다

바둑기사로 살아가며 갖는 바람 중 하나는 내 커리어가 어느 정도 정리되었을 때 내가 걸어온 길이 누군가에게 자극이, 누군가에게는 위로가 되었으면 하는 것이다. 이창호 9단처럼 태생적으로 완벽한 바둑인으로 태어나지 않았음에도 수년에 걸쳐 욱하는 성질을 길들여가며 조금씩 성장한 내 개인사가 후배들, 또는 높은 목표를 향해 나아가는 사람들에게 작은 나침반이 될 수 있으면 좋겠다.

나침반에도 여러 종류가 있을 수 있을 텐데, 내가 알려주고 싶은 가장 중요한 건 무엇일까? 바둑 실력은 아마도 아닐 것이다. 나보다 바둑을 더 잘 알려줄 수 있는 AI라는 도구가 있다. **내가 전달해야 할 것은 바둑인으로서 놓치지 말아야 할 바둑의 본질, 바둑의 가치라고 생각한다.**

검도나 격투기 같은 운동을 하는 분들에게 이런 말을 들은 적이 있다. 한두 시간 대화를 나누는 것보다 2~3분의 대련에서 더 깊은 소통이 될 때가 있다고. 바둑인으로서 충분히 공감이 되는 이야기이다.

몇 시간이고 마주 앉지만 한마디도 하지 않은 채 승패를 겨루는 게 바둑이다. 그런데 바둑을 두다 보면 상대의 기쁨, 좌절, 번뇌, 고통, 막막함, 분노, 두려움 등등 수많은 감정을 느끼게 된다. 바둑판이 정사각형처럼 보이지만 실은 가로 42cm, 세로 45cm로 세로가 더 길다. 바둑을 둘 때는 바둑판의 세로 거리를 사이에 두고 마주 앉는데, 그때 두 사람의 거리가 되는 45cm가 심리적으로 가장 친밀감이 느껴지는 거리라고 한다. 바둑을 두는 두 사람은 친해질 수밖에 없는 가까운 거리에 마주 앉아 몇 시간이고 감정을 교류하는 것이다.

'복기'라는 방식도 그렇다. **바둑은 대국이 끝나고 복기를 통해 서로의 수를 나누며 함께 성찰하고 반성한다. 그때는 승패가 중요하지 않다. 오로지 다음에 더 나은 바둑을 두기 위해 승자와 패자가 머리를 맞댄다.** 바둑을 잘 모르는 사람에게는 생경한 광경이다.

나는 바둑을 즐기는 분들이 온라인 바둑만 두기보다는 대면 바둑도 함께 즐겼으면 한다. 온라인 바둑이 주는 편리함 이상으로 대면 바둑만이 주는 교감과 가치가 있다. 바둑의 또 다른 이름이 '수담'*인 이유를 알게 될 때, 바둑이 가진 진짜 매력이

---

* 手談, 손으로 나누는 대화.

다가올 것이다.

바둑의 경기 방식이 바뀌지 않는 한 바둑기사는 대면 바둑을 두며 생겨나는 감정적 흔들림을 통제할 수 있어야 한다. 내가 어린 시절 인터넷 바둑과 실제 대면 바둑의 성적이 들쑥날쑥했던 것도 바둑 역시 사람과 사람이 부딪치는 게임인 까닭이었다.

인터넷에서는 상대가 어떤 감정과 태도로 대국에 임하고 있는지 전혀 알 수 없다. 나의 감정적 흔들림 또한 얼마든지 숨길 수 있다. 대면 바둑은 다르다. 대국장에 들어서면서부터 느껴지는 공기가 있다. 손을 뻗어 바둑돌을 두는 동작 하나도 자세히 살펴보면 차이가 보인다. 뻗어나가는 기세가 있다면 주춤거리는 망설임도 있다. 바둑을 두는 두 사람은 마주 앉아 한판의 바둑을 두며 희로애락을 끊임없이 주고받는다.

바둑이 예절을 중시하는 예도禮道의 게임이라는 건 어린 시절부터 아버지와 선생님들께 숱하게 들었던 말이다. 어떤 사람에게는 게임을 즐기러 왔는데 예절을 지키라는 말이 갑갑하게 들릴 수도 있을 것이다. 어린 시절에 내가 그러했듯이 말이다.

나는 바둑에서의 예절을 마치 바둑에만 존재하는 구태의연한 진입장벽처럼 생각할 이유가 없다고 본다. 어떤 스포츠든 스포츠정신이라는 게 있기 때문이다. **스포츠정신은 스포츠를 즐**

기면서 상대를 배려하고 존중하는 태도를 갖출 때 더 좋은 게임을 할 수 있음을 알려준다. 바둑에서의 예절 역시 스포츠정신의 맥락 안에 있다.

이는 팬들과의 소통에서도 알 수 있다. 팬들은 승리를 원하지만 그렇다고 매너와 예절이 없는 승리를 원하지 않는다. 미숙한 시절 보인 나의 다듬어지지 않는 모습에 팬들이 실망하던 기억이 생생하다.

팬들이 좋아하는 나의 일화 중 하나가 2023년 바둑리그에서 박민규 선수와의 대국에서 있었던 일이다. 초읽기에 몰린 박민규 선수가 급하게 착수하다가 돌을 놓쳐 본인이 원하는 곳에 돌을 놓지 못한 일이 있었다. 바둑은 한번 돌을 놓으면 그 돌을 다시 옮기는 순간 반칙패가 된다.

그때 내가 당황해하는 박민규 선수의 마음을 읽고 눈짓으로 그의 의사를 확인한 후, 그가 두려고 했던 곳으로 돌을 옮겨주었다. 그리고 아무 일도 없었다는 듯이 경기가 속개되었다. 대단한 일도 아니지만 서로에게 할 수 있는 배려와 페어플레이를 조금씩 실천하면 팬들에게 더 많은 감동과 재미를 줄 수 있다고 생각한다.

나와 비슷한 연배에 각자의 종목을 대표하는 역할을 맡고 있다는 점에서 가끔 비교되는 e스포츠의 '페이커' 이상혁 선수의 인터뷰 중에 유독 공감이 갔던 말이 있다.

"제가 결국 추구하는 건 많은 분께 게임으로써 좋은 영향을 주는 겁니다. 제게는 이만한 일이 없다고 생각해요. 그래서 계속 열심히 하고 있죠. 경쟁하는 모습이 많은 팬들께 영감을 일으킨다면, 그게 스포츠로서 가장 중요한 의미라고 생각합니다."

스포츠를 오직 승리와 패배의 이분법으로 가름하면 그 이상의 의미가 보이지 않는다. 일류를 지향하는 프로기사라면 바둑의 예도와 스포츠정신을 깊이 이해하고, 그것이 자기 바둑 안에 자연스럽게 흐르도록 만드는 것이 중요함을 깨닫는 시점이 온다. 나는 그 깨달음이 너무 늦었기 때문에 고생했지만, 성장하는 기사들은 그런 어려움을 덜 겪기 바란다.

나는 누군가를 가르치는 일에 썩 재능이 있는 것 같지는 않다. 흥미가 생기지도 않거니와 내가 독학으로 성장한 시간이 길어서인지 결국 스스로 깨닫는 부분이 절대적으로 중요하다고 보는 편이다.

다만 두드러진 재능을 타고난 친구라면 AI를 기준으로 삼아 그 친구에게 올바른 방향을 제시하는 식으로 도움을 주는 건 가능할 듯하다. 나와 비슷한 수준, 혹은 나를 넘어설 수 있는 수준까지 발전할 수 있다고 예측되는 유망주가 있다면 그런 친구

5. 나침반이 되고 싶다

를 성장시키는 건 꽤 설레는 일일 것이다.

　다만 누군가를 키우는 작업은 내 바둑에 집중해야 할 지금의 일은 아니다. 지금은 그저 이창호, 이세돌 9단이 그러했듯이 내 삶과 내 태도로 하나의 사례를 만들어가는 일을 해야 한다고 생각한다. 그것은 거창하게 한국 바둑을 위한 행보라기보다는, 올바른 한 명의 바둑기사로 살아가기 위해 선택해야 할 당연한 길이다.

바둑에서 쓰는 말인 착수는
'바둑돌을 바둑판에 둔다'는 의미인 동시에
'어떤 일을 시작한다'라는 뜻도 있다.
바둑에서 나의 착수는 늘 길을 찾는 것이었다.
인생의 착수 또한 그렇게 풀어나가면 되리라 믿는다.

바둑을 빼면 '나'는 어떤 사람일까?

바둑에서 쓰는 말인 착수著手는 '바둑돌을 바둑판에 둔다'는 의미인 동시에 '어떤 일을 시작한다'라는 뜻도 있다. 바둑에서 나의 착수는 늘 길을 찾는 것이었다. 인생의 착수 또한 그렇게 풀어나가면 되리라 믿는다.

바둑기사는 대체로 조숙早熟과 조로早老의 삶을 산다. 나 역시도 한글을 뗄 무렵에 바둑을 시작해 10대에 프로기사가 되고, 남들은 사회초년생이 되는 20대에 전성기를 맞이해 바쁜 나날을 보내고 있다.

겉으로는 어린 나이에 성공해 사회적으로 인정받고 국가를 대표하는 성숙한 사람처럼 보일지도 모르겠다. 누군가가 평생을 노력해야 얻을 수 있는 훈장이나 명예를 이른 시기에 거머쥐었으니 말이다.

그러나 나는 마음 한구석에 늘 숙제처럼 걱정을 안고 있다.

한 명의 인간이 사회구성원으로 제대로 살아가기 위해서는 바둑 실력 외에도 많은 것들이 요구된다. 어려서부터 나는 바둑에만 매달리다 보니 한 명의 성인으로 보면 미숙한 것투성이다. 생활 면에서는 부모님께 전적으로 의존하고 있고, 다양한 사람을 만나 어울릴 기회가 적어 사회성도 다소 부족하다.

나는 질풍노도의 시기를 바둑을 두느라 인터넷 세계에서 보냈다. 바둑을 두다 보면 자연스럽게 익명의 상대와 채팅을 하게 되는데 인터넷에서 나누는 대화의 질이 좋다고 할 수는 없다. 나에게 진 사람들이 화가 나서 온갖 욕설과 비꼬는 말을 하면 나도 똑같이 돌려주었다. 그런 것 때문에 아버지에게 혼난 적도 있다.

인터넷 대국에서는 채팅창을 닫는 게 차라리 낫다. 그런데 어떤 사람들은 굳이 쪽지까지 보내가며 시비를 건다. 그것도 무시하면 그만인데 어린 나이에 나는 그조차도 지고 싶지 않아 말싸움에 휘말린 일이 무수하다. 그런 일들이 성숙한 인격을 갈고닦는 데에 별로 도움을 주지 못한 것은 물론이다.

가끔 바둑에 전념하느라 학창 시절 경험이 없는 것이 아쉽지 않느냐는 질문을 받기도 한다. 지금은 그다지 아쉬운 생각이 없다. 학교에 다니기에는 바둑에 투자해야 하는 시간이 워낙 많았다. 또 나는 전형적인 늦게 자고 늦게 일어나는 사람인지라 매일 아침 일찍 일어나 학교에 가는 게 고역이었을 것이다. 하루 종일 바둑만 두며 사는 내가 학교에서 친구들과 말을 섞으며 잘 어울릴 수 있었을지도 의문부호다.

그런데 바둑계를 떠나 사회인 신진서로 살아간다면 학교에 다니지 않은 게 조금 아쉬울 수도 있을 듯하다. 대부분의 사람들이 가진 경험이 나에게만 없다면 공감대가 그만큼 줄어들 수밖에 없으니 말이다.

부산에 있다가 서울에 올라왔을 때, 처음에는 응암동 집에서 왕십리에 있는 기원까지 가는 지하철을 혼자 타지 못했다. 항상 부모님이 데려다주셨으니 지하철을 어떻게 타는지 몰랐던 것이다. 그 모습이 종종 형들의 놀림거리가 되곤 했다. 중국에 갈 일이 잦아 지하철보다 비행기 혼자 타는 법을 먼저 배웠으니, 이것도 뭔가 남들과 같은 삶은 아니다.

나는 사춘기도 늦었다. 빠른 친구들은 초등학교 때부터 온다는 사춘기가 나는 열일곱 살 때쯤 왔다. 대단한 방황이나 일탈은 없었다. 바둑 공부를 하지 않고 슬쩍 새서 PC방에서 게임을 한다거나 하는 게 전부였으니, 불꽃 같은 시절을 보낸 다른 친구들에 비하면 귀여운 수준인 듯하다.

내가 빠졌던 게임은 스타크래프트였다. 나중에 알고 보니 이창호 9단도 종종 오락실에 가서 스트레스를 풀었고, 이세돌 9단을 포함해 많은 프로기사가 한때 스타크래프트를 좋아했다고 한다(이세돌 9단과 나는 주로 하는 스타크래프트 종족이 프로토스라는 점도 똑같다!). 스타크래프트나 리그 오브 레전드(일명 LOL) 등을 하는 프로게이머는 바둑기사와 닮은 구석이 꽤 있다는 생각도 가끔 한다. 바둑이든 게임이든 앉은 자리에서 고도의 집중력과 승부욕을 발휘해 승부를 이끌어야 한다는 건 비슷하니까.

한창 게임을 할 때는 바둑처럼 스타크래프트에 빠지게 될까 봐 조금 겁이 났다. 그래서 스타크래프트 다음으로 많은 친구들이 좋아하는 게임인 LOL은 일부러 배우지 않았다. 다행히 게임 실력은 바둑만큼 좋지 않아서 어렵지 않게 빠져나올 수 있었다.

잠깐씩 샛길로 빠지기는 했어도, 사춘기 때 이미 프로에 입문해 한창 커리어를 쌓아야 할 시기였기 때문에 크게 일탈할 여유조차 내게는 없었던 것 같다. 이겨야 직성이 풀리는 성격이 누구나 겪을 만한 삶의 혼란이나 갈등도 제압해버린 셈이다.

결국 나는 통상적인 인생의 경험을 충분히 하지 못한 채 너무 빠른 속도로 '바둑리그 최연소 주장', '국내 프로기사 랭킹 1위' 같은 위치에 도달하게 되었다.

내 삶의 어떤 부분은 너무 빨랐고, 어떤 부분은 너무 느렸다. 중장년이 겪을 법한 경험을 얻기도 한 반면, 어떤 면에서는 10대 청소년에도 미치지 못할 정도로 미숙하다. **어려서는 그런 생각을**

전혀 하지 못했는데, 이제는 인생에서 속도라는 게 참 중요하구나 싶다.

현재 나의 목표는 당연히 최고의 바둑기사가 되는 것이지만 그 자리를 언제까지나 유지할 수는 없을 것이다. 은퇴를 말하기에는 이른 나이다. 그런데 가끔 지난날을 돌아보면 시간이 참 빨리 흐른다는 생각이 들기도 한다. 정신을 차려보면 은퇴 날짜를 세고 있을 수도 있지 않을까.

이창호 9단을 포함해 전성기가 지난 후에도 여전히 바둑계에서 활동하는 선배들이 많이 있다. 지금 상상으로 나는 어느 시기가 지나면 바둑계를 떠나 다른 일을 하고 있지 않을까 싶다. 배운 게 바둑뿐이라 바둑을 계속하는 게 자연스러울 수도 있겠지만, 반대로 너무 바둑만 해왔기에 나에게 다른 것을 조금이라도 채워주고 싶다. 그 방식은 아직 모르겠다. 공부를 하더라도 늦은 나이에 학교를 다닐 것 같지는 않다.

한창 유행하는 MBTI 검사를 재미 삼아 해보니 내 MBTI는 ISTP로 나왔다. ISTP 성격의 특징을 읽어보니 대체로 나와 비슷해 보였다. 개인주의자이자 고집스럽고 완고한 사람. 그리고 냉혈한! 그런데 한 가지 마음에 드는 글귀가 있었다. '예술적인 분야에 재능이 있다'는 것. 정말 재능이 있는 것 같지는 않지만 그래도 몇 가지 관심 있는 분야는 있다.

음악 듣는 것을 좋아한다. 너드커넥션, 백예린, 기리보이, 빈지노처럼 자기 색깔이 있는 인디가수를 좋아하고 그들의 음악을 자주 듣는다.

의외라고 생각할지 모르겠으나 패션에도 관심이 꽤 있다. 몇 없는 유튜브 구독 리스트에 '핏더사이즈' 같은 패션 채널이 포함되어 있다. 옷을 내가 골라 사 입는 것도 즐긴다. 쇼핑몰에서 옷을 고르면서 잠시 머리를 식히는 것도 스트레스를 날리는 방법이다. 바둑뿐인 일상에 거의 유일한 변수랄까.

물론 둘 다 관심이 있을 뿐 그 분야에 특별한 조예는 없다.

바둑만 생각하고 살아왔던 인생에서 만약 바둑을 떼어내면 '나'는 무엇일까? 두렵기도 하지만 재미있을 것 같다는 기대도 있다. 너무 어렵게 생각하지 않기로 한다.

다만 이것 하나는 확실하다. 나는 먼 미래에는 좋은 사람, 그리고 성숙한 사람이 되고 싶다.

한 명의 프로선수가 태어나기 위해서는
어마어마한 집중이 필요하다.
주위 사람들의 희생과 헌신 없이는 불가능하기도 하다.
내 경우 역시 예외가 아니다. 재능이라는 불확실함 하나에
모든 것을 투자해야 하는 불안은 덤이다.

단지 받은 것을 돌려주는 것일 뿐

바둑은 좋은 의미에서든 나쁜 의미에서든 '개인적'이기 쉽다. 바둑은 역사적으로 봐도 항상 개인과 개인의 기량 싸움이었다. 같은 팀이라고 해도 경기 중에 훈수를 두는 일은 허용되지 않는다. 바둑리그에서 팀을 이뤄 승부를 겨루더라도 결국 바둑은 일대일로 대결하고 그 승패를 팀으로 합산할 뿐이다. 축구나 야구처럼 팀원들 간의 끈끈함은 기대하기 어렵다. 그러다 보니 리그에서 같은 팀이 되어도 긴밀하게 교류하는 일은 드물다.

바둑기사가 개인적인 성향을 보이는 건 어쩌면 당연한 일이다. 고독을 이해하고 즐기며 다루지 못하는 사람이 프로기사로 성장할 수 있을까? 많은 분이 경기 외적으로 도움을 주시지만 승부를 오롯이 감당하는 건 나다.

그런데 언제부터인가, 나만 바라보는 것을 벗어나야겠다고 생각하게 됐다. 세계 랭킹 상위권에 오르고 몇 번의 우승을 하면서 내가 받은 영광을 조금이라도 나누어야겠다는 마음이 생긴 것이다.

나는 개인전 이상으로 팀전에서 힘이 난다. 개인전은 이기든 지든 나 한 명의 몫이기에 때로는 기분에 휩쓸려 바둑을 두기도 한다. 단체전은 절대 그런 일이 없다. **함께라는 책임감이 단단히 무게를 잡아준다. 버겁다기보다는 기분 좋은 무게감이다.**

그런 마음이 생긴 데에는 가족, 특히 아버지의 영향이 크다. 표현은 여러 가지였지만 내내 하신 말씀을 한마디로 정리하면 이렇다. "나누고, 베풀고, 다른 사람을 헤아려라." 아버지는 내가 1인자가 될 것을 어려서부터 확신하셨기에 그 말씀도 덧붙이셨다. "네가 최고가 되더라도 항상 그렇게 살아라."

아버지는 부산에서 제법 큰 바둑학원을 운영하셨다. 내가 어렸을 때는 이창호 사범님의 영향으로 바둑 붐이 있었다. 영어나 수학 외에도 바둑학원을 다니는 아이들이 꽤 됐다. 그래서 한때 아버지가 운영하는 학원의 학생이 100명에 달하기도 했다. 그 시절에 아버지는 무척 바빴고 우리 집은 형편에 부족함이 없었다.

내 교육을 위해 서울에 올라온다는 결심이 아버지에게는 쉽지 않았을 것이다. 바둑학원 운영이 예전 같지 않았더라도 아버지가 계속해오던 일의 기반이 모두 부산에 있었기 때문에, 상경은 모든 걸 새롭게 시작해야 한다는 것을 의미했다.

하지만 우리 가족은 내 미래를 위해 부산을 떠나기로 결정 내렸다. 이사 온 서울 집은 부산에 있을 때에 비하면 허름했다. 서울에서는 주로 아버지가 나를 돌보고 어머니가 경제를 책임지셨다. 어머니는 하루에 10시간씩 일을 하시면서도 힘든 내색을 보이지 않았다. 바둑밖에 모르는 나는 어머니가 무슨 일을 하시고 얼마나 힘든지도 잘 몰랐다.

　　이 모든 이야기는 사실 내가 성인이 되고 아버지와 어머니의 삶을 돌아보며 추측한 것이다. 나는 그저 바둑을 계속 두었고, 가정의 경제 상황이나 부모님이 어떤 일로 어떻게 돈을 버시는지 거의 몰랐다. 부모님이 서울에서든 부산에서든 내가 그런 걱정을 할 일이 없도록 묵묵히 지원해주신 덕분이다.

　　나보다 빨리 철이 들고 남들처럼 사회생활을 한 우리 형은 아마 집안이 돌아가는 상황에 대해 나보다는 더 잘 알았을 것이다. 장남으로서의 부담과 고민도 있지 않았을까 싶다. 그러나 형 역시 나에게 한 번도 그런 내색을 비추지 않았다.

　　부모님은 힘드셨을까? 아마도 그랬을 것이다. 부모님은 나에게 이런 이야기를 하시지 않았지만, 이야기하지 않았다고 해서 안 힘들었다는 것은 아니니까.

　　한 명의 프로선수가 탄생하기 위해서는 어마어마한 집중이 필요하다. 주위 사람들의 희생과 헌신 없이는 불가능한 일이기도 하다.

내 경우 역시 예외가 아니다. 재능이라는 불확실함 하나에 모든 것을 투자해야 하는 불안은 덤이다.

나는 아버지가 항상 어려운 사람을 돕고 동료 기사들을 생각하라고 조언하시는 이유를 이런 맥락 안에서 이해한다. 아버지는 알고 계신 것이다. 이 길을 걸어가는 사람의 고단함을. 그렇게 많은 것을 쏟아부었는데도 적절한 결과를 내지 못했을 때의 절망을. 힘든 길을 걸어갈 때 다가온 작은 도움이 때론 얼마나 큰 힘이 되는지에 대해서도.

나는 현재 바둑 장학생들과 소외계층을 돕고 있다. 초록어린이재단과 아버지의 고향인 경남 남해군, 내가 홍보대사로 있었던 경남 합천군, 한국기원 등에 종종 기부를 한다. 코로나19가 절정일 때 동료 기사들과 뜻을 모아 중국 우한대학교에 위로금을 보내기도 했다. 앞으로도 기회가 생길 때마다 기부를 계속하려 한다.

내가 가족에게 받은 따뜻함을 사회 곳곳에 조금이라도 돌려줄 수 있으면 좋겠다. 그리고 나눔의 기쁨을 가르쳐주신 아버지께 다시 한번 감사하다는 말씀을 드리고 싶다.

바둑의 신과 하이파이브 하는 그날까지

글을 쓰면서 내가 걸어온 길을 쭉 돌아보는 것은 새로운 경험이었습니다. 여행을 가서 사진을 아무리 많이 찍어도 여행의 모든 것을 다 담을 수는 없듯, 책을 쓰는 일도 비슷했습니다. 쉴 새 없이 찍은 수많은 연속 사진의 모음이 인생인 것 같은데, 책에는 드문드문 찍은 몇 장의 사진만 담긴 듯해 미숙한 바둑 한 판을 두어버린 기분이기도 합니다.

쓰고 나니 삶이 바둑처럼 정리될 수 없음을 알게 됐습니다. 내 생각과 삶으로 누군가와 소통한다는 것은 그런 불완전함을 서로 이해하고, 그럼에도 함께 길을 찾아나가는 과정인 것 같습니다.

어려서부터 신동으로 주목받고 승승장구한 삶처럼 보일 수도 있지만, 돌아보면 죽고 싶을 만큼의 좌절과 후회, 이어지는 승부의 무게에 헉헉대며 지낸 시간도 만만치 않게 길었습니다. 그 순간의 감정에 짓눌리지 않고 어떻게든 한 발 한 발 떼다 보면 원하는 목적지에 도달할 수 있음을 책에서 이야기하고 싶었습니다.

그리고 그 고된 시간은 그저 나를 힘들게만 하는, 무조건 덮어둬야 할 것들이 아니었습니다. 불완전함에 대한 아쉬움과 불안, 비워진 부분을 채우고 싶은 마음들이 나를 지금 이 자리까지 나아가게 해주었습니다.

나는 아직도 내 바둑이 부족하다고 느낍니다. 세계 1위라는 타이틀에 만족할 수는 없지요. 패하는 대국은 늘 있고, 인공지능은 여전히 강력합니다. 하지 말아야 할 실수를 하고, 가라앉히지 못한 마음이 정신을 흐립니다. 나는 더 나아가야 합니다.

바둑에 대한 연마를 훈련이나 연습이라고 부르지 않고 공부라고 하는 것이 좋습니다. 훈련이나 연습이 틀린 말은 아니지만, 바둑에는 공부라는 말이 더 어울리는 것 같아요. 단지 책상에 앉아 머리를 쓰는 작업이라서가 아닙니다. 도달할 수 있을지 알 수는 없지만 도달해야 하는, 너무나 도달하고 싶은 어떤 경지를 끊임없이 탐구하는 게 바둑기사의 일상입니다.

어떤 이들은 AI의 등장으로 바둑 공부가 획일화되었다고 걱정하기도 합니다. 알파고로 대변되는 바둑 AI를 처음 접했을 때는 나 역시 그런 생각을 했고요. 기존에 해왔던 공부법과 충돌하는 지점도 있었습니다.

하지만 몇 년에 걸쳐 나만의 접근법을 찾아내며 생각이 달라졌습니다. 인간이 두어왔던 바둑이 있고, AI가 제시하는 바둑이 있습니다. 새로운 시대의 바둑은 인간과 AI 바둑의 교집합 어딘가에 놓여 있습니다. AI와 인간이 조화롭게 공존하는 방법을 고민해야 하는 건 바둑에서도 마찬가지입니다.

그리고 승부의 세계에서는 그 지점을 치열하게 고민하고 정확하게 찾아가는 공부가 중요해졌습니다. 실제로 최근의 바둑은 AI의 정석과 인간의 수읽기가 합쳐진 수법이 주류를 이루고 있습니다. 그런 해법들을 하나하나 발견하고 만들어가는 과정이 힘들면서도 재미있고, 막막하면서도 흥미롭습니다. 이제까지의 바둑 공부가 그러했던 것처럼요.

공부가 항상 즐거울 수는 없겠죠. 다른 사람들과 마찬가지로 나 역시 내 안에서 피어나는 온갖 게으름과 타협의 유혹과 딴생각의 함정들을 피해가며 재미, 승부욕, 책임감 등을 무기삼아 한 걸음씩 전진해왔습니다.

어려서부터 오늘날까지 잠에서 깨며 어제보다는 조금 더 나은 내가 되자고 다짐한 횟수가 총 몇 번일까요? 못해도 천 번은 넘을 겁니다. 더 집중해야지… 더 침착해야지… 감정에 휘둘리지 말아야지… 그런 다짐이 늘 실천이 되지는 못했지만 '다짐하는 힘'이 나에게 있는 한 나는 더 발전할 수 있다고 믿습니다.

내가 어느 정도 수준의 바둑을 둘 수 있을지 나도 모르겠습니다. 바둑의 신이 기다리는 그 영역은 아직 AI도 도달하지 못했으니까요. 당장은 AI가 저만치 앞서 있긴 하지만, 나를 비롯한 바둑기사들도 맹렬히 달리고 있습니다. 그렇게 하다 보면 스스로 바둑의 신이 되지는 못하더라도 하이파이브 정도는 할 수 있지 않을까요?

너무 멀리 바라보지는 않으려고 합니다. 지금까지 그래왔듯이 내게 가장 중요한 승부는 바로 다음 대국입니다. 한 판 한 판의 공부를 모으고 최선을 다해 힘이 닿는 데까지 달리고 싶습니다.

대국 :기본에서 최선으로

ⓒ 신진서 2024

1판 1쇄 발행 2024년 8월 22일
1판 2쇄 발행 2024년 9월 4일

지은이 신진서
펴낸이 황상욱

구성 조은호 | **편집** 이은현 박성미 | **디자인** 박선향 | **기보해설정리** 강나연(한국기원)
마케팅 윤해승 장동철 윤두열 | **경영지원** 황지욱
제작처 영신사

펴낸곳 ㈜휴먼큐브 | 출판등록 2015년 7월 24일 제406-2015-000096호
주소 03997 서울시 마포구 월드컵로14길 61 2층
문의전화 02-2039-9462(편집) 02-2039-9463(마케팅) 02-2039-9460(팩스)
전자우편 yun@humancube.kr

ISBN 979-11-6538-402-9 03810

인스타그램 @humancube_group 페이스북 fb.com/humancube44